イザベラ・バードと侍ボーイ

植松三十里

集英社文庫

目次

イザベラ・バードと侍ボーイ

一章　イギリス波止場

「イングリッシュ・ガイドボーイ、ハーフダラー・ア・デイ」

今にも降り出しそうな灰色の雲の下、横浜のイギリス波止場に艀船《はしけぶね》がつくたびに、若い日本人の大声が飛び交う。

たいがいが少年時代に明治維新を迎え、イギリス人やアメリカ人の家に下働きに入って、流暢《りゅうちょう》な英語を身につけた世代だ。

明治も十一年を迎え、今や欧米からの観光客が増えて、通訳ができる案内人が求められている。そのため続々と上陸する西洋人に向かって、一日五十セントで自分自身を売り込んでいた。

伊東鶴吉《いとうつるきち》も、くたびれた洋服姿で、せいいっぱい声を張り上げた。

「エクセレント・ガイドボーイ、オンリー・ハーフダラー・ア・デイ」

鶴吉は満年齢で二十歳《はたち》だが、英会話には人いちばい自信がある。だが元来、内気で、人を押しのけてまで前に出られず、まして小柄なために、どうしても人垣の中に埋もれてしまう。

いずれにせよ西洋人たちは、ちらりと視線を向けるだけで、煉瓦《れんが》づくりの税関役所に吸い込まれていく。

鶴吉たちは中の案内所にも登録しているが、手数料を取られるので、できれば直接、雇われたい。しかし個人では信用が足らず、滅多に相手にしてはもらえない。

外国航路の大型蒸気船は、接岸できる桟橋がないために、沖で錨《いかり》を下ろす。そこから艀船が次々と波止場に漕《こ》ぎ寄せる。

最後の一隻が着岸して、すべての外国人の上陸が終わる頃には、通訳志願の若者たちは案内所へと移動する。

仲間のひとりが、ふいに空を見上げた。

「降ってきたかな」

鶴吉の頬にも、ポツリと冷たいものが当たる。別の仲間も顔をしかめた。

「そろそろ梅雨入りだな」

日本の雨季は蒸し暑いと、西洋人には不評で、これからは観光客が減る。通訳には厳しい季節の到来だった。

税関役所の中では、高い天井に据えられた大型扇風機が、ゆっくりと回転していた。

通関手続きを終えた観光客たちは、案内所のカウンターで、ホテルなどの情報を得がてら、通訳とガイドの斡旋《あっせん》も頼む。その条件に合う者から、名前を呼ばれる仕組みだ。ひとり、ふたりと呼ばれては、飛び跳ねるようにして進み出る。紹介された外国人に、せいいっぱい愛想よく挨拶し、彼らの巨大な革製トランクを担いだり、両手に下げたりして外に出ていく。

鶴吉は、なかなか呼ばれない。あと十日ほどで秋までの長期予約が待っている。チャールズ・タリーズというイギリス人の従者として、奥州《おうしゅう》から蝦夷《えぞ》地まで同行する予定だった。去年も同じ行程で、通訳と雑用係のボーイを務め、それで今年もと約束したのだ。

仕事の機会の減る季節に、長期の予約はありがたい。でも長旅に出たら、しばらくは日銭《ひぜに》が入ってこなくなり、母や妹たちの暮らしが立ち行かなくなる。そのために今は十日以内の短期仕事で、手堅く稼いでおきたかった。

でも今日は、そんな条件に合う仕事がなかったようで、結局、最後まで呼ばれずじまいだった。

鶴吉は肩を落として外に出た。さっきの小雨は止《や》んでいたが、海は空の色を映して、鉛色に沈んでいる。

蒸し暑さに一張羅の背広を脱いだ。何年も前に、人から着古しをもらったもので、何度も水洗いしており、肘は布が薄くなって、今にも抜けそうだった。

背広の襟をつかんで、白シャツの肩にかつぎ、そのまま元町《もとまち》に向かうことにした。洋装店や西洋家具の店、西洋人向けの精肉や食料品などの商店が並ぶ通りだ。タリーズとの旅に役に立ちそうな保存食などを、探しに行くつもりだった。

中国人が暮らす唐人町《とうじんまち》を過ぎて、元町に至り、食料品店に入りかけた。すると、ちょうど店から出てきた若い男が、鶴吉の顔を見るなり、勢い込んで言った。

「おお、鶴吉、探してたんだぞ。おまえに、ちょうどいい仕事があるんだ」

幸太《こうた》といって、ヘボン博士の家で働く料理人だった。ヘボン博士は、日本語のアルファベット表記を定めたアメリカ人だ。医師であり、宣教師であり、日本語の研究者でもある。

鶴吉は首を横に振った。

「通訳か。ありがたいんだけど、もうすぐ旅に出るから、短期の仕事しかできないんだ。それでもいいいかな」

「また、あのタリーズとかってイギリス人か。そんなの断っちまえよ」

タリーズとの旅は苦労続きだったと、幸太に愚痴をこぼしたことがあった。

「それよりな、鶴吉。ミス・イザベラ・バードってイギリス人が、奥州や北海道に行きたいっていうんで、そっち方面に詳しい通訳とボーイを探してるんだ」

横浜でボーイといえば、下働きの若者を意味する。

イザベラ・バードは数日前からヘボン博士の家に滞在して、すでに何人もの志願者と会っているという。

「でも来るやつ来るやつ、みんな英語が下手くそでさ。だいいち、そんな北の田舎のことなんか、だれも知らねえし。これは伊東鶴吉のためにある仕事だって、俺は直感したね」

鶴吉は少し戸惑った。

「ミスって、若い女かな」

幸太は笑って答えた。

「残念ながら、怖そうなおばさんだよ。イギリスじゃ、そこそこ名の知られた作家先生だってよ。日本の田舎を歩いて、それを本に書くんだってさ。ちょっと変人みたいだけど」

すでにイギリスで何冊も旅行記を出しており、よく売れているという。

「それで、めっぽう気前がいいんだ。いくら欲しいかって聞かれて、英語の下手なやつでも月十ドルって吹っかけてる。それでも値切られねえんだから、おまえなら、それ以上は確実だよ。北海道まで行くとなったら、何ヶ月もかかるだろうし、そうとう儲《もう》けられるぞ」

鶴吉の心が動いた。若い女では気詰まりで、むしろ年配の方が都合がいい。月に十ドル以上の収入となると、かなり魅力だ。

タリーズとの約束はあるものの、彼の報酬は月七ドルにすぎない。短期の通訳なら一日五十セントにチップが入るが、長期になると割引かなければならず、月八ドルから九ドルが相場だった。

一ドルが一円。中堅どころの小学校の教員や巡査の月給が八円ほどだから、同じような金額ではある。ただし通訳の仕事には波があるし、年収にすると高い報酬ではない。

昔から長崎では、オランダ語や中国語の通弁《つうべん》は町人だった。雇うのは奉行所の役人など武士階級で、身分差は歴然としていた。役人が残した弁当を、通弁が食べて、西洋人が驚いたという逸話さえある。

そんな影響もあって、今もって通訳の社会的地位は低い。そこに若い世代が登場して、いっそう収入は抑えられている。

鶴吉が正式に通訳の仕事を始めたのは去年だ。実質的には以前からやってはいたものの、年齢の規定があって税関役所に登録できなかったのだ。

タリーズは、その点を突き、鶴吉の経験が浅いという理由で値切ったのだった。

鶴吉にとっては、税関役所から紹介された最初の大きな依頼であり、断るという選択肢はなかった。タリーズからは、今年も同額と言われている。

幸太は軽く背中を押した。

「早く行けよ。まだ俺は肉屋に寄らなきゃならねえけど、いちおうヘボン博士には話してあるし、ひとりでも平気だろ」

「そうか、それなら、ちょっと会ってみようかな」

「急げよ。呑気《のんき》にしてたら、ほかのやつに決まっちまうぞ。なんせ月十ドルだからな」

せかされると、急に落ち着かなくなる。

「わかった。ありがとう。恩に着るよ」

そのままヘボン博士の屋敷に向かって、山手の坂道を駆け上がった。


横浜の山手は、明治維新直前に分譲された外国人向け住宅地だ。

ゆったりした丘の斜面に、それぞれの敷地が広がり、よく手入れされた西洋風の庭の奥に、瀟洒《しょうしゃ》な洋館が垣間《かいま》見える。

坂道にはときおり、人力車が走るばかりで、滅多に人とは出会わない。静かな屋敷街だ。

年々、洋館は増えているものの、どこに誰が住んでいるか、おおむね鶴吉は心得ている。元町からの急坂を登り、ゆるやかな上り下りを経て、また曲がりくねった急坂を登りきったところが、ヘボン博士の住まいだ。

鶴吉は健脚ではあるが、最後の坂道まで駆け通すと、さすがに息が荒くなる。ポケットからハンカチを取り出し、手早く額の汗を拭いてから、背広を着込んだ。白シャツのボタンが上まで閉まっているかを確かめ、擦り切れたリボンタイを結び直す。

鉄製の門扉を開け、重厚な玄関扉まで進んで、もういちどハンカチで汗を拭った。タリーズとの約束が心によぎる。でも約束を破棄すると決まったわけではない。そう自分に言い訳して、後ろめたさを振り切り、真鍮《しんちゅう》のドアノッカーをたたいた。

中から中国人の奉公人が顔を出した。鶴吉は、せいいっぱい胸を張り、得意の英語で告げた。

――幸太の紹介で、ミス・イザベラ・バードの通訳を志願してきました――

中に通されると、奥の扉が開いて、紋付袴《はかま》姿の日本人が出てきた。その後ろから、西洋人の男性の声がした。

――副領事に、よろしく――

出てきた西洋人は、仕立てのよさそうな背広姿で、銀色の髪の額が大きく禿《は》げ上がっている。知的な容貌で、それがヘボン博士だった。

さらに後ろから女性の声が聞こえた。

――採用するかどうかは、領事館の方に伝えます――

紋付袴の男は、流暢な英語で愛想よく応じたが、鶴吉に気づくと、いまいましげに顔をしかめた。

鶴吉は状況を察した。この男も志願者にちがいなく、どこかの副領事の推薦状を持ってきたのだ。鶴吉が来なければ、この男に決まったのかもしれない。

男と入れ替わりに応接室に通された。

幸太が言った通り、イザベラ・バードは険しい顔立ちだった。茶色い髪を後ろで小さく結っており、襟の詰まった茶色のドレスを着て、いたって地味づくりだ。

西洋の女性の年齢はわかりにくいが、五十歳くらいに見える。こんな歳《とし》になって、今さら奥州や北海道に行きたがる意図がわからない。たしかに相当な変人かもしれなかった。

とはいえ鶴吉としては、好条件の仕事にありつければ文句はない。だいいち人の容姿や性格を、あれこれ言える立場ではない。自分自身、見た目も性格も地味なことは重々承知している。

内気ゆえに、つい小声になりそうだったが、勇気を振り絞って、はっきりと英語で自己紹介した。

――はじめまして。私はツルキチ・イトー。イトーと呼んでください――

十歳そこそこからアメリカ人宣教師や、イギリス軍人の家に住み込みで働き、その後、東京のアメリカ公使館にも勤めたと、手短に経歴を説明した。

さらに去年は植物の専門家であるチャールズ・タリーズの通訳として、奥州から北海道まで同行したと話した。

——通訳はもちろん、北海道までの旅の案内も、洗濯などの下働きも引き受けます。鶏《とり》をさばくとか、肉を焼くとか、そんな料理もできます——

これは西洋人との旅には大事な役目だった。西洋人は何より肉を食べたがるのに、たいがいの日本人は気味悪がって、手も触れられない。

鶴吉も最初は抵抗があったが、やり方を幸太に教えてもらった。鶏なら首をひねって羽をむしり、内臓を取り出して、焚《た》き火《び》で丸焼きにするくらい、今ではお手のものだ。鶴吉自身、大好物でもある。

イザベラは黙って聞いていたが、少し身を乗り出して質問した。

——去年、タリーズ氏が北海道まで出かけた目的は、何だったのですか——

鶴吉は淀《よど》みなく答えた。

——日本にしかない植物の種や苗木を探して、輸出用に採集することです——

明治初頭に江戸から静岡に移封になった旧幕臣たちが、山百合《やまゆり》を根ごと掘り出して、横浜から輸出したことがあった。人手だけあれば元手要らずで、仕事のない旧幕臣たちには、うってつけの役目だった。

輸出された日本の山百合は、欧米の園芸家たちに珍重されて、高値で取引されたと評判だった。

これに横浜のヴィーチ商会が目をつけた。日本固有の植物を、もっと輸出しようと、母国の植物学会に専門家の招聘《しようへい》を依頼し、それに応じて来日したのがチャールズ・タリーズだった。

——関東近辺には、めぼしいものがなかったので、タリーズ氏は私を助手にして、この辺とは気候の違う奥州と北海道に出かけたのです——

イザベラは興味を示した。

——奥州は内陸を進んだのですか——

——奥州街道を北上して、ところどころで山に分け入りながら進み、青森からは蒸気船で函館《はこだて》に渡りました。北海道では野生のバラや赤い実の成る樹木など、だいぶ収穫がありました——

野生のバラはハマナス、赤い実が成るのはナナカマドやオンコだった。どれも北海道では、いくらでも自生している植物で、種も若木も取り放題だった。

イザベラは聞き終えると、ヘボン博士に顔を向けて、小さくうなずいた。悪くない雰囲気で、鶴吉は雇い入れてもらえそうな気がした。

しかしヘボン博士が言った。

——君は推薦状はないのかね。幸太の友人と聞いたが、去年、そのタリーズ氏から、何か書いてもらわなかったのかね——

鶴吉はぎょっとした。タリーズは今年も雇うつもりなのだから、推薦状など書くはずがない。それどころか問い合わせられたら、約束不履行が露見する。

慌てて言い訳した。

――タリーズ氏は去年の旅行の後、急いで上海《シャンハイ》に渡ってしまったので、書いてもらえませんでしたが、その前に勤めていたアメリカ公使館からはいただきました。でも家が火事になって燃えてしまったのです――

すでにタリーズは再来日しているが、そこは、あえて口にする必要はない。

ただしアメリカ公使館の件は事実だった。昨年、タリーズに雇われる前に、職員に頼んで書いてもらったのだ。そのとき念のため、宛名のないものも、もう一通、受け取っていた。

鶴吉の実家は三浦半島の菊名《きくな》という漁村にある。ここのところ鶴吉は、もっぱら伊勢《いせ》佐木町《ざきちょう》裏の木賃宿暮らしで、菊名の家は、母と三人の妹だけの女所帯だ。

推薦状は、その家に置いてあった。しかし去年、鶴吉がタリーズとの旅に出ている間に、近所からのもらい火で、家が全焼してしまったのだ。

しかし火事で推薦状がなくなったなど、嘘《うそ》のように聞こえるらしく、イザベラは一転、戸惑い顔になった。

鶴吉は言葉に力を込めた。

――本当です。嘘は言っていません――

するとイザベラは納得したのか、改めて行程を説明した。

――まず日光《にっこう》に行ってから、今まで西洋人が足を踏み入れたことのない奥地を進んで、北海道に渡り、アイヌの村を訪ねたいのです。そこまでで何ヶ月くらいかかるか、わかりますか――

鶴吉は大まかな日数を思い描いた。

――奥州街道から外れて進むとなると、最短でも三ヶ月は、かかるかと思います――

――なるほど。その間、同行してもらうとして、月に、いくら必要ですか――

とたんに緊張した。母と妹たちの暮らしは、鶴吉の肩にかかっており、何より金が欲しい。でも大きく吹っかけすぎて、引かれてしまっては元も子もない。

今までの志願者が十ドルと言ったのなら、十ドルにしておくべきか。それとも幸太が言う通り、もっと高くても旅行の経験を買ってもらえるだろうか。

迷いつつも思いきって言った。

――月十二ドルで、どうでしょうか――

口から言葉が出た途端に悔いて、十ドルと言い直そうとした。だが、その寸前に、イザベラがうなずいた。

――わかりました。月に十二ドルですね――

承諾されるとは思いもかけなかった。でも、そうなると、さらに欲が出る。母と妹のために、ひと月分は前金で欲しかった。しかし、さすがに言い出せない。

――ではイトー、六月六日の朝九時に、東京のイギリス公使館まで来られますか。出発は、もう少し先になると思うけれど、準備から手伝って欲しいので――

どうやら雇い入れてもらえるらしい。鶴吉は胸の高なりを抑えて答えた。

――行かれます。イギリス公使館なら、場所はわかっています――

するとイザベラは机に向かい、ペンを取り上げて、用意してあった書類に何か書き入れた。そしてペンとインク壺《つぼ》とともに、鶴吉に差し出した。

――あなたも契約書にサインを――

鶴吉は契約書など初めてだった。今までの雇用は、すべて口約束だったのだ。まして英語の読み書きは得意ではない。

でも、それを悟られるわけにはいかない。言葉を選びながら頼んだ。

――読み上げていただけませんか。間違って理解すると困るので――

するとイザベラが全文を読んでくれた。

報酬は月額十二ドルで、雇用期間は最低三ヶ月。契約成立以降、イザベラ側の都合で約束不履行になった場合でも、三ヶ月分三十六ドルは保証するという。驚くべき好条件だった。

鶴吉は喜びを隠して、ペンを受け取った。そしてイザベラの気が変わらないうちにと、ペン先をインク壺に突っ込んで、大急ぎで名前を書き入れた。

これで用はすんだと見極め、立ち上がって丁寧に挨拶した。

――ミス・バード、お目にかかれて光栄でした。六日の朝九時に、かならず東京のイギリス公使館にうかがいます――

そして玄関から外に出た。ひとりになって坂道まで出たとたんに、思わず飛び跳ね、両拳を曇り空に向かって、力いっぱい突き上げた。叫び出したいほどの喜びが湧く。

月に十二ドルで三ヶ月分なら三十六ドル。北海道での期間も含めれば、四ヶ月で四十八ドルになる。今までに手にしたことのない高額だ。

火事のせいで家も家財道具も失い、ここのところ鶴吉は借金の返済に追われている。母や妹たちは、うらぶれた借家で暮らしており、朝早くから魚の選別など、慣れない手間仕事に出ている。

もともと父親は漁師だったが、ペリーの黒船来航後に、浦賀《うらが》奉行所の御用船の乗り手を経て、幕府軍艦の乗員に抜擢《ばってき》され、士分を得た。しかし、その後、行方知れずになってしまい、今もって消息はわからない。

武家暮らしだった頃は、父に頼りきりで、金の心配などしたことがなかった。当時から比べると、今が情けなくてたまらない。

いつかは横浜か東京に、きちんとした家を建てて、家族を呼んで暮らしたかった。そこから妹たちを相応の家に嫁がせるのが、鶴吉の夢だった。

ただ通訳の収入は低く、身分は不安定だ。それは嫌というほど承知している。英語を武器にして、何か別の分野に飛躍していかなければ、夢の実現は遠い。

とはいえ今回の報酬で、まずは借金返済の目処《めど》が立つ。それだけでも、どれほど家族が助かるか。

そう思うと、もう嬉《うれ》しくて嬉しくて、坂道を転がりそうな勢いで駆け下りた。


しかし翌日、鶴吉は一転、重い足を引きずりながら、もういちどヘボン邸への坂道を登っていた。

あれから、いつものように木賃宿に入った。だが興奮して寝つけなかった。あんなに気前がいいのなら、いっそ十五ドルと言ってみるべきだったかと欲が出た。それに、やはり、ひと月分は前金で欲しかった。

去年の経験をかんがみれば、奥州で為替を送れる町は、主要街道沿いの大きな宿場町に限られている。イザベラは西洋人が行ったことのない道を選ぶというのだから、送金できる両替商など見つかりそうにない。

一ヶ月後に報酬をもらっても、三浦半島で受け取れるのは、ずっと後になる。その間、母と妹たちの暮らしをどうするか。

でも、いったん後払いと決めたのに、今さら蒸し返すのは気が引ける。持ち逃げされると疑われて、契約が白紙に戻されてしまうかもしれない。

それにタリーズとの約束の件も、だんだん重く感じられた。もしイザベラやヘボン博士の耳に入ったら、不誠実が問題になって、契約破棄もありうる。

かつて父は鶴吉に命じた。

「おまえは侍の子だ。卑怯《ひきょう》な真似《まね》はするな。それを肝に銘じて、誠実に生きろ」

父は豪放磊落《らいらく》で、面倒見がよく、まさに誠実な人柄だった。引っ込み思案の鶴吉にとって、父は憧れの存在であり、だからこそ、その言葉が心をさいなむ。

もうひとつ気がかりがある。なぜイザベラは奥州の田舎などに行きたがるのか。アイヌの村で何がしたいのか。本に書くといっても、去年のタリーズとの経験からしても、相当、厳しい旅になるのは明らかだ。

田舎に行けば行くほど、清潔な宿屋はなくなり、寝床は蚤《のみ》や虱《しらみ》だらけになる。地元の人々は、外国人など見るのは初めてで、人だかりができてしまう。四六時中、じろじろ見られ続ける。

年配といえども女性だし、そんな状況に三ヶ月も耐えられるとは思えない。ならば、あらかじめ忠告すべきなのか。でも厳しさを知ったら、旅をやめるかもしれない。

しかし、たとえ途中で契約が不履行になっても、三ヶ月分の報酬は保証されているのだから、むしろ今、諦めてもらう方が、鶴吉には好都合だ。そうすればタリーズの旅にも同行できるし、報酬を二重取りできる。

そこまで考えて自己嫌悪に陥った。そんなさもしい考えが嫌だった。行方知れずの父に顔向けができない。でもイザベラに、旅の厳しさを伝えないのも、それはそれで不誠実に思えた。

昨日は元町で幸太に出会って、とにかく急げとばかりに契約まで突っ走ってしまったが、慌てすぎた気もした。

一晩中、迷った挙げ句、まずは幸太に礼を言うという口実で、ヘボン邸を再訪することにした。

ついでを装ってイザベラにも会い、様子を見計らって、ひと月分は前払いでと頼んでみよう。それで解雇されてもかまわない。

そうは決めたものの、気分は晴れない。昨日は有頂天で駆け下った道を、重い足取りで登った。

なんとかヘボン邸にたどり着き、昨日と同じように、肩にかついでいた背広を着込んだ。それから気持ちを切り替えて背筋を伸ばし、重厚なドアノッカーをたたいた。

すると、やはり昨日と同じように、中国人の奉公人が現れた。

──料理人の幸太に礼を言いに来ました──

中国人はそっけなく言う。

──それなら裏にまわれ──

鶴吉は慌てて言い直した。

──それとミス・バードに、お願いもあって来ました──

すると玄関から入れてもらえた。幸太に礼を言うなどという小細工は、あっという間に吹き飛んでしまった。

待っている間、耳の奥で自分の鼓動が聞こえた。緊張のあまり口の中が乾いてしまう。イザベラは昨日よりも、なお険しい顔で現れた。急な訪問をいぶかしんだらしい。鶴吉は、ひとつ大きく息をつくと、思いきって言った。

──申し訳ないのですが、ひと月分の報酬を、前払いでいただけませんか──

そのまま早口で一気に事情を打ち明けた。自分が旅に出ると、母と妹たちが困る。特に奥州の奥地からでは、送金ができそうにないと、正直に話した。

すべて話しつくしたが、イザベラは黙っている。眉間に皺《しわ》を寄せて、信用していいかどうか迷っている様子だった。

これで契約は破棄されるかもしれない。でも、それならそれでタリーズとの約束に戻るまでだ。

そう腹をくくった時に、イザベラは部屋の隅の机に向かった。そして置いてあった小《こ》鞄《かばん》から、細長い紙束を取り出し、机の上のペンを取り上げて、インク壺にペン先を浸した。

紙束の一枚にサインをして引きちぎると、鶴吉に差し出した。

――これを銀行に持っていきなさい。日本のお金に換えてくれます――

それは十二ドル分の小切手だった。

鶴吉は手を震わせて受け取り、深々と頭を下げた。

――ありがとうございます。これで母も妹たちも助かります――

金を得たこと自体ありがたかったが、信用してもらえたのが嬉しかった。

これまで鶴吉は、好条件の仕事にありつければ文句はないと、そればかりを考えていた。だが信用してもらったからには、心を込めて仕えようと決めた。

そのために、あえて警告した。

――奥州路は厳しい旅になります。これからは特に雨季に入りますし、せめて出発を、ひと月ほど遅らせた方がいいと思います――

イザベラは首を横に振った。

――雪が降る前に北海道に行きたいの。だから、ゆっくりはしていられないわ――

――でも宿屋も清潔なところばかりではありません。外国人が珍しくて、じろじろ見られます。それでも大丈夫ですか――

――苦労は覚悟の上ですよ。日本に来て以来、私の計画には、誰も彼も猛反対。今、あなたが忠告したことは、もう何回も聞いています。それよりも、あなたが手伝ってくれて、心から、ありがたく思っています――

思ってもみなかった反応だった。今まで、どんなに一生懸命に仕えても、雇用主から、こんな丁寧な言葉をかけてもらったことなどない。

だがイザベラの覚悟のほどを知って、また疑問が生じた。

――そこまでわかっているのに、なぜ奥州の奥地になど行くのですか――

イザベラは表情を和らげた。

――紀行文を書くからですよ。それが私の仕事なの――

日本にも昔から旅の案内書はある。街道ごとの宿屋や、名所旧跡を紹介する手軽な和《わ》綴本《とじぼん》だ。ほとんどが昔ながらの木版で刷られている。だが奥州の山奥など、誰も興味を持たないから、和文でさえ一冊もない。

――イギリスには、日本の山奥についての本など、買う人がいるのですか――

イザベラは小首を傾《かし》げた。

――どうかしら。でも横浜みたいに、西洋の真似をする日本よりも、昔ながらの日本人の暮らしを、私は知りたいし、読者も知りたがると思うわ――

鶴吉は理解できない。横浜や東京や富士山や日光などこそが、西洋人には人気なのだ。だが反論もできない。

ふと思いついた。日本語の旅案内を英訳して、欧米人向けに加筆して出版したらどうかと。英語の読み書きは得意ではないが、誰かに手伝ってもらえばいい。

横浜では英字新聞が発行されており、アルファベットの活字を用いて、ちょっとした冊子や本も出版している。そんなところに訳文を持ち込めば、本にしてもらえそうな気がした。

税関役所の案内所や、外国人向けのホテルに置いてもらって、外国人観光客に売るのだ。これは通訳から脱却できる好機かもしれなかった。

去年、タリーズから指摘された。

――いつまでも、しけた通訳なんかしてないで、英語を使って別の仕事に踏み出せよ。そのために輸出用の植物に詳しくなるのも手だぜ。植物の貿易なら大儲けのチャンスがあるぞ――

そんな甘い言葉を真《ま》に受け、東京や横浜で、家族と優雅に暮らす夢を持つようになったのだ。

しかし、いくら植物に詳しくなっても、貿易を始めるには大きな資金が必要であり、自分には無理だと思い知った。

でも英文の旅の案内書なら、手軽に始められそうな気がする。今度の旅で、作家としてのイザベラの視点を学べば、役に立つにちがいなかった。

鶴吉は帰りがけに、もういちど礼を言った。

——お金のこと、ありがとうございました。本当に助かります——

イザベラは珍しく笑顔を見せた。

——では六月六日の午前九時に、東京のイギリス公使館で——

——わかりました。かならず行きます——

帰りがけに調理場に寄って、幸太にも礼を言った。

「ありがとう。幸太のおかげで、いい仕事にありつけたよ」

「だから言っただろ。おまえに向いてるって」

幸太は得意顔で言う。

「なんだか気難しそうな婆《ばあ》さんだけどさ、おまえなら、ちゃんとやれるよ。頑張れよな」

「そうだな。気難しそうだけど、でも、案外、いい人かもしれない。こっちの希望も聞いてくれたし」

鶴吉は小切手を忍ばせたポケットに、そっと手を触れた。

翌朝、鶴吉は東京に向かった。

新橋と横浜の間に鉄道が開通して五年が経《た》つが、いつも鶴吉は運賃を惜しんで歩く。足腰には自信があり、早朝に出発すれば、午後には着く距離だ。

東京では、築地《つきじ》のホテルにタリーズを訪ねた。築地には横浜同様、外国人居留地があった。

隅田川《すみだがわ》河口だが、大型船が入れるほど水深がないので、貿易の町にはならず、もっぱら西洋人の宣教師や医者が暮らしている。宣教師が開いたミッションスクールも、いくつかある。

外国人向けに建てられたホテルもあってタリーズは定宿にしており、今も長期滞在しているはずだった。

もう夕暮れが近かったが、鶴吉は部屋のドアをノックした。するとタリーズは内開きのドアを開け、いきなり顔をしかめた。

——何しに来たんだ？　これから横浜に行こうと思ってたんだぞ。旅行中の缶詰や干し肉を、大量に買いに行くからな——

鶴吉が返事をする前に、タリーズは肩をすくめた。

——まあ仕方ない。俺は先に行って、元町で品物を選んでいるから、後から来い。明日の朝までには、かならず来いよ——

自分は列車で行くけれど、鶴吉は夜通し歩けという態度だ。いつも、この調子で、こちらの話など聞こうともしない。

部屋の中には入れてくれたが、もう出かけるつもりらしく、涼しげな麻の背広を着込んでいる。

――何を突っ立ってるんだ。早く行けよ。向こうで待つのは、ごめんだからな――

鶴吉は思いきって言った。

――あなたの命令には従いません――

――何だって？　おまえが行かなきゃ、買ったものを誰が運ぶんだ？――

――イギリス波止場に行けば、いくらでも英語のできるボーイがいます。そういうやつを雇ってください――

――何を言ってる？　おまえ、ほかのやつに仕事を取られてもいいのか？――

――ええ、そうしてください――

タリーズは表情を変えた。

――どうした？　何があったんだ？――

――今年の旅には同行できません――

――なぜだ？――

――ほかの仕事が入ったので――

――何だと？　去年から予約してあったじゃないか――

唾を飛ばさんばかりに怒鳴りだした。

――どういうつもりだ？　契約不履行で訴えるぞ――

鶴吉は、なえそうになる気持ちを奮い立たせて言い返した。

――あなたとは契約書を交わしていません。契約していないのだから、不履行にはなりません――

タリーズは信じがたいという顔になった。

――何を言ってるんだ？　さんざん植物の見分け方や、保存の仕方を教えてやったじゃないか。その恩を忘れたのか――

――私は通訳です。一生懸命、手伝いはしましたが、植物について教えてくれと頼んだ覚えはありません――

――通訳なんか辞めて、植物の輸出をやれって言ったら、その気になったじゃないか。だいいち、また別のボーイに一から教えろってのか。いい加減にしろよ――

――それは、あなたの勝手です。一から教えればいいでしょう――

タリーズは言葉に詰まり、呆気《あつけ》にとられている。言い返されたことなど、今までなかったために、度肝《どぎも》を抜かれてしまったらしい。

さらに鶴吉は言い立てた。

――あなたは去年の旅行中、さんざん私のことを能なしと罵倒しましたよね。そんなに気に入らなかったのだから、今年は別の通訳を雇うべきです——

奥州から北海道への旅は、日本の宿に慣れないタリーズには不満だらけだった。かつては大名が泊まった本陣に案内しても、気に入らない。ろくな宿も見つけられない能なしだと、毎度、口汚くののしった。

西洋人が珍しくて、地元の人々が集まってくると、見世物じゃないとわめき散らし、鶴吉に蹴散らせと大声で命じた。

鶴吉が懸命に追い返しても、またすぐに集まってくる。その点はタリーズには気の毒だったが、どうすることもできなかった。そうなると、平手打ちや拳骨《げんこつ》や足蹴りが、容赦なく飛んできたものだ。

鶴吉は冷ややかな口調で言った。

——たびたび殴ったり、蹴ったりもしましたよね。でも私は、あなたの奴隷ではありません——

植物採集でも、なかなか珍しい花や樹木が見つからないと、苛立《いらだ》ちを鶴吉に向けた。些細《ささい》なことで激高し、しまいには鶴吉の顔つきが気に入らないとまで文句をつけて、拳で顔を殴ったのだ。

脳震盪《のうしんとう》を起こして倒れたところを、足蹴《あしげ》にされたこともあった。腹や胸を力いっぱい蹴られて、殺されると思った。でも、それで気が済むと、何もなかったかのように上機嫌になるのが常だった。

鶴吉は歯を食いしばって耐え、旅の最後まで仕えた。全身が痣《あざ》だらけになっても、母や妹たちのために、どうしても月七ドルが必要だったのだ。

イザベラの仕事を請け負った裏には、そんな暴力への嫌気もあった。女性なら、たとえたたかれたとしても、殺されるほどの恐怖はないにちがいない。

——とにかく今年の旅には行きません。それを伝えるために来ました——

そう言い切って、部屋から出ていこうとすると、タリーズはドアの前に立ちふさがった。

——待て。ほかの仕事って、いくらなんだ？　月八ドルか、九ドルか。まさか十ドル出すって言うんじゃないだろうな——

——金のためだけじゃないんです。もう、あなたには従えない——

——わかった。それなら月十ドル出そう。十ドルなら文句はないだろう——

思わず溜息《ためいき》が出た。こんな男に、今の今まで反抗できなかった自分が情けなかった。

——十ドルも出せば、気の利いたボーイが雇えますよ。ただし、そいつのことを殴ったり蹴ったりはしないでください——

鶴吉はタリーズを押しのけて、部屋の外に出た。背後から罵声が浴びせられる。

——新しい雇い主が誰なのか、とことん調べてやるぞ。そいつに、おまえが嘘つきだと教えてやる。約束を一方的に破る大嘘つきだってなッ――

日本でのイギリス人社会は狭い。調べればわかる可能性は低くはない。

それでも、もう相手にはせず、鶴吉は足早にホテルを後にした。


久しぶりに菊名の実家に帰り、鶴吉は横浜の銀行で小切手から換えた金を差し出した。

「これ、当面の暮らしに。借金も少しは返せるだろ」

母は息子に向かって深々と頭を下げ、荒れた手で受け取った。

「すまないね。本当に、助かるよ」

母から丁寧に礼を言われるのが照れくさい。鶴吉は苦笑しつつ、妹たちに目を向けた。

長女の美津《みつ》は十五歳で、二番目の妹の八重《やえ》は十三歳。末の須磨《すま》は十二歳だ。三人並んで、きちんと正座している。

滅多に帰省できないだけに、久しぶりに会うと、三人とも娘らしくなっていくのが、まぶしいほどだった。特に美津は娘盛りで、会うたびに美しくなっていく。

ただ、三人とも色あせた縞《しま》の小袖姿で、袖口や襟元が擦り切れている。毎朝、魚の仕分けをするために手が荒れて、指先のささくれが痛々しい。

もっと楽をさせてやりたい。できることなら、東京や横浜で見かける若い娘たちのように、華やかに着飾らせたかった。

鶴吉は母に向かって言った。

「できる限り、旅の途中からも為替で送金するつもりだけど、今度の旅が終わったら、だいぶ借金は返せると思うよ」

「また、あのタリーズさんって人のお供かい？」

「いや、今度は年配の女の人だ。いい人だよ。俺のことを買ってくれて、金の支払いも、いいいんだ」

母には心配かけまいと、いい話しかしない。母は、しみじみと言った。

「そう。それなら、よかった。タリーズさんって、なんだか難しい人みたいな気がしてたから」

タリーズについての愚痴は、いっさい母には聞かせていない。なのに母は勘づいていたのだ。

「母さんはね、おまえが無事に帰ってきてくれたら、それだけで充分。どうか長い道中、危ないことはしないでおくれね」

「大丈夫だよ。今度の旅は、特に女の人だから無茶はしないし」

母の気づかいを重く感じながら、妹たちに目を向けて明るく言った。

「本当はさ、金も入ったし、今回は、みんなに横浜土産を買ってこようと思ってたんだ。元町の薬屋に、いい塗り薬が売ってるんだ。手に塗っておくと、ひび割れとか、ささくれとかが治るんだってさ」

　それは幸太に教えてもらった薬だった。厨房《ちゅうぼう》の水仕事の後に塗っておくと、冬でも痛い思いをしないですむという。

「ただ、ちょっと時間がなくって、今回は買えなかったんだ」

なかったのは、本当は時間ではなく金だった。それでも、つい虚勢を張ってしまう。

「次に帰ってくる時には、きっと買ってくるからな」

　母は首を横に振った。

「そんな、もったいない。ささくれで死ぬわけじゃないから。それに、おまえが苦労して稼いだお金で、贅沢《ぜいたく》はできないよ」

「でも若い娘の手が、がさがさじゃ」

　すると妹たちは慌てて両手を後ろに隠し、美津が言った。

「大丈夫。夏場は水が冷たくないから、そう荒れないし」

「そうか」

　鶴吉は小さくうなずいた。

「そしたら冬前には帰れると思うから、その時に買ってくる。母さんも楽しみにしててくれよな」

　なおも母は遠慮する。

「私はいいから、美津たちに買ってやっておくれ。嫁入り前の娘が、こんな手じゃ恥ずかしいだろうし」

鶴吉は小刻みにうなずいた。

「わかった。ひび割れの薬どころか、今に兄さんが立派な家を建てて、いい暮らしをさせてやるからな」

妹たちは嬉しそうな笑顔になる。鶴吉は、いよいよ気が大きくなって言った。

「嫁入り先だって、東京の役人とか銀行員とか、これから有望なやつを、かならず見つけてきてやる。それまで待ってろよ」

妹たちが揃《そろ》って当惑顔に変わる。母が片手を前について、身を乗り出した。

「そのことだけど、前に話した通り」

鶴吉は右の手のひらを母に向けて、話をさえぎった。

「その話は聞きたくない。嫁入りの件は、俺に任せてくれ」

「でも美津は、もう十五だし」

「十四、五で嫁に行くのは昔だよ。東京辺りのいい家の娘は、二十歳近くになってからっていうのが、今は多いんだ」

「けど、うちは」

いい家でも、東京でもないと言いたげだ。

鶴吉は大きく首を横に振った。

「とにかく待ってくれ。まだ話せないけど、今度の仕事を足がかりにして、次は、もっと割りのいい仕事が見つかりそうなんだ。だから」

英語の旅の案内書は、まだ思いついたばかりで、口にすれば法螺《ほら》になりそうだった。

母も妹たちも、それきり口をつぐんで、何も言わなかった。

その夜、鶴吉は久しぶりに布団で寝た。家に布団は二枚しかない。いつもは母と妹たちが、ふたりで一枚に寝ているのだ。

鶴吉は横浜の木賃宿でも布団なしだ。慣れているから要らないと断っても、母は息子に自分たちの布団を譲った。結局は女四人で身を寄せて、一枚の布団に寝たのだ。

しかし夜中に厠《かわや》に行こうと目を覚ますと、母も妹たちも、毛羽だった畳の上に縮こまって眠っていた。

「いつか、ふかふかの布団に、ひとりずつ寝かせてやるからな」

鶴吉は心の中で誓った。

翌朝、まだ暗いうちに鶴吉が家を出ようとすると、美津が引き止めて言った。

「あの、平三郎《へいざぶろう》さんのことだけど」

鶴吉は、しかめた顔を横に振った。

「その話は聞きたくないと言っただろう」

平三郎は鶴吉の幼馴染《おさななじみ》で、漁師をしている。それが美津を嫁にもらいたがっていると、前に帰省した時に母から聞いた。美津も、その気だという。

でも認めるわけにはいかない。漁師には遭難がつきものだ。鶴吉は子供の頃から、何度も海難事故の話を聞いた。だからこそ妹たちは、もっと安定した稼業の男に嫁がせたかった。

しかし美津は兄の袖をつかんだ。

「兄さん、お願い、聞いて」

必死に訴える。

「平三郎さんね、空模様を読むのが上手《うま》いって、近ごろ、すごく評判なの。それで、いつか東京に出て、気象予報っていう西洋の研究をしてる先生のところに、弟子入りしたいんだって」

鶴吉は鼻で笑った。

「そんな偉い先生のところに、弟子入りなんかできるもんか。平三郎が」

自分が世に出ようとして、どれほどの苦労を重ねているか、美津は知らない。なのに平三郎に、突然、そんな道が開けるとは思えなかった。

「だいいち、もし平三郎が弟子入りなんかしたら、嫁をもらうのは何年も先だ。それでもいいのかよ」

するど美津は思いがけないほど、きっぱりと言った。

「もちろん、待つつもり。だから私の相手は探さないでって、そう兄さんに言いたかったの」

鶴吉は舌打ちをしたい思いで、土間の引き戸を手荒に開け、大股で外に出た。

母が追いかけてきて言う。

「そんなに頑張らなくて、いいんだよ。うちだって、もとは漁師だったんだから」

鶴吉は相手にせず、足早に実家を後にした。

せっかく久しぶりに帰ってきたのに、こんな不機嫌なままで出ることになるとは、腹が立ってたまらなかった。

海風に当たって苛立ちを収めようと、浜に出た。まだ夜が明け切らない波打ち際を、北に向かって歩く。

三浦半島の突端近くに、三浦海岸と呼ばれる美しい砂浜が、弓なりに伸びる。菊名の集落は、その南端に近い。

東京湾を隔てて、対岸には房総《ぼうそう》の山並みが望める。その背後を淡い朝日が照らし、稜線《りょうせん》が際立って見えた。

まだ海面は夜の気配だが、波は穏やかで、点々と灯《あか》りが浮かぶ。漁師船が松明《たいまつ》を灯《とも》して漁に出ているのだ。

鶴吉は大きく息を吸った。雄大な景色と、朝の清涼な空気に、気持ちが落ち着いていく。

そのとき背後から声がした。

「つるきちー」

振り返ると平三郎だった。とっくに漁に出ているはずだが、こんな時間にいるとは。いちばん会いたくない相手だった。

「待てよ、待てってば」

引っ込み思案の鶴吉とは反対に、明るい性格の男で、子供の頃から気が合った。でも今は会いたくない。

前に向き直って早足で歩き続けたが、平三郎は駆け足で追いついてきた。息を弾ませ、並んで歩きながら言う。

「今、聞いたんだ。また、おまえが旅に出るって。それで追いかけてきたんだけど」

美津が知らせたらしい。鶴吉は平静を装って聞いた。

「俺のことより、こんな時間に、なんで平三郎は、まだ漁に出ないんだ？」

「聞いてないのかよ。しばらく前から、俺、押送船《おしょくりぶね》に乗ってるんだ」

鶴吉には初耳だった。

押送船は、獲《と》れた魚を日本橋の魚市場まで運ぶ船だ。漁が終わって、魚を選別してからの仕事になるから、朝は漁師ほど早くはない。

ただし魚の鮮度が落ちないうちに、東京湾を突っ切って行かなければならない。そのために船体は速度が出やすい細身で、安定性が悪い。多少、波が荒くても船を出す。漁師よりも、なお危険が伴う仕事だった。

鶴吉の父親も、若い頃に押送船に乗っていたことがある。でも身を固める前のことだ。美津も、そんな危険を心得ているからこそ、平三郎の転職を、兄に話さなかったにちがいない。

だが鶴吉は、その点には触れずに、揶揄《やゆ》するような口調で聞いた。

「平三郎、おまえ、偉いな。東京で天気の勉強をするんだって？」

「いや、まだ具体的な話じゃないさ」

「そうか、まあ、そうだろうな」

「弟子入りするにも、まず先立つものが要るし。それで押送船に乗ることにしたんだ」

鶴吉は意外に思った。押送船は危険ゆえに収入はいい。それにしても、そこまで本気になっていようとは。

「あのさ、鶴吉、実は俺」

平三郎が言いかけるのを、片手をあげて制した。美津を嫁に欲しいと言うにちがいなかった。

「悪いな。ちょっと急ぐんだ」

「待ってくれよ。大事な話が」

「いや、大事な話なら、時間のあるときに、ゆっくり聞くよ」

そのまま早足で浜から外れて、街道に向かった。もう平三郎は追ってこない。

平三郎の人柄がいいことは、わかっている。それでも妹を嫁がせるわけにはいかない。

まして平三郎が押送船に乗っているとなれば、なおさらだった。

二章　公使館からカテッジインへ

皇居の堀を渡ってくる風が、イギリス公使館の応接室に吹き込む。

イザベラ・バードが横浜に上陸して以来、ぐずついた天気が続いていたが、約束の六月六日は初夏を思わせる好天だった。

イギリス公使夫人のファニー・パークスは明るく言う。

——大丈夫、イザベラ、心配ないわ。彼は来るわよ——

イザベラはうなずきつつも、不安は消せない。

ツルキチ・イトーが母や妹たちのために、ひと月分の報酬を前払いで欲しいと言いに来た時に、イザベラは迷ったものの、結局は応じた。

しかし、それを知ったヘボン博士は断言した。

——彼は、もう来ないだろう。別の通訳を探した方がいい——

嫌というほど、ずるい日本人を見てきたというのだ。

でもイザベラは疑いたくなかった。イトーの話し方が朴訥《ぼくとつ》で、嘘を言っているようには見えなかったし、イザベラ自身も妹の暮らしを支えており、他人事《ひとごと》ではなかったのだ。

——でもアメリカ公使館で働いていたというし、約束の期日まで待ってみます——

そう言って、昨日、横浜から東京に移り、そのままイギリス公使館に泊めてもらっている。

イザベラが事情を打ち明けると、すぐにファニーはアメリカ公使館に問い合わせてくれた。

——ツルキチ・イトーって、評判は悪くはないわ。無愛想だけれど、真面目に働くボーイですって。通訳として独立したいっていうから、紹介状を書いてやったそうよ——

紹介状のことも嘘ではなかったのだ。

それでもヘボン博士の予言めいた言葉が気がかりなまま、約束の朝を迎えたのだった。

柱時計が朝九時を打ち始めた瞬間に、玄関のドアノッカーがたたかれた。

——きっと彼よ——

日本人のメイドが玄関を開けに行く。その案内で応接室に入ってきたのはイトーだった。ファニーがソファから立ち上がって、笑顔で迎えた。

——ツルキチ・イトーね。よく来てくれたわ——

イザベラは心底、ほっとした。また一から探すのは厄介だし、探したところで、奥州や北海道に行ったことのある通訳など、見つかるとは思えない。

ファニーは眉を上げて言った。

——あなたの時計は、ずいぶん正確ね。九時ちょうどに来るなんて——

イトーは下を向いて小声で答えた。

——時計は持っていません——

——それじゃあ、どうして九時ってわかったの？——

口ごもりながら答える。

——それは、勘です——

——素晴らしい勘だわね——

ファニーは単純に感心するが、そこまで勘が働くとは、イザベラには少し気味悪かった。

ファニーはイトーを手招きした。

——ちょっと物置に来てちょうだい。あなたには簡易ベッドの組み立て方と、ゴム製たらいの扱いを覚えてほしいの。私の旅の経験からして、ベッドがないと蚤や虱で眠れないし、イギリス女性には日本の共同浴場は無理だから——

ファニーは旅慣れており、初めて富士山に登った外国人女性としても知られている。

三人で裏手に出て物置へ行った。ファニーの指示で、イトーは大きな帆布製の袋を持ち出した。

中から数本の細い角材と、たたんだ帆布を取り出す。一番長い材木二本に帆布を通し、短い角材と、ほぞを合わせる。四角い枠が四本の脚で支えられて、たちまちベッドになった。

ファニーは目を丸くした。

――なんて呑《の》み込《こ》みが早いの？　イザベラ、あなたはラッキーよ。こんなに頭のいいボーイを見つけたなんて。今までの日本人は、何度、説明しても、もたついて――

するとイトーは無愛想な顔を横に振った。

――今までの人は、西洋数字が読めなかっただけでしょう。特に私が優れているわけではありません――

ファニーは人差し指を立てて、左右に振った。

――イトー、謙虚すぎるのは日本人の悪い癖よ。もっと堂々としていなさい――

イトーは無表情で黙っている。褒められても嬉しくないのか。何を考えているのか見当がつかない。

大型のゴム製たらいは、宿の部屋に置いて、湯を桶《おけ》で運んできて満たせば、腰くらいまでは浸《つ》かれて、湯浴《ゆあ》みができるものだった。

ふたたび応接室に戻ると、ファニーが地図を広げた。

――これはブラントンの地図よ。イザベラに貸してあげるから、イトー、あなたも見ておきなさい――

それは一昨年に発行されたばかりの英文表記の日本地図で、リチャード・ブラントンというイギリス人が作ったものだ。木版の多色刷りで、主要な街道や河川はもとより、かなり詳細な地名が、すべてアルファベットで記載されている。

ファニーは日光の文字を示した。

――日光街道は杉並木が美しい道よ。私も夫と一緒に行ったけれど、イザベラは西洋人が通らない道がいいのよね。たしか、ほかにも道があったでしょう――

イトーは地図を見ながら答えた。

――例幣使《れいへいし》街道ですね。そちらも杉並木になっていると思います――

昔から日光への道は、一般向けの日光街道のほかに、将軍専用の御成《おなり》街道や、京都から来る帝《みかど》の使者用に例幣使街道が設けられているという。

――かつては勝手に通れませんでしたが、今は、どちらも開放されているはずです――

イトーはイザベラとファニーを交互に見ながら聞く。

――日光までは道がいいので、人力車で行かれます。今のうちに車の予約をしておきますが、出発日は、いつがいいですか――

イザベラは手帳を開き、少し考えてから答えた。

――旅券がもらえ次第、出発したいけれど、あと三、四日はかかりそうなので、いちおう十日にしておいてください——

——わかりました。では荷物用も必要ですし、二台でよろしいですか——

——荷物用と私用で二台？　あなたは？——

——私は歩きます——

——一緒に行くのに、歩かせるわけにはいかないわ。三台、頼んでください——

一瞬、イトーは妙な顔をした。もしかしたら自分は歩いてもいいから、その車代が欲しいのかもしれなかった。それでも小刻みにうなずいた。

——そうですか。わかりました。あと、簡易ベッドやゴムたらいのほかに、持っていくものを指示してくだされば、出発までに荷造りします——

大まかな打ち合わせを終えると、もう夕方近かった。イトーは下町に宿を取るという。

イトーが帰りかけた時に、公使のハリー・パークスが現れた。縮れたもみあげを顎の辺りまで伸ばしており、目が鋭い。美人で明るい妻とは対照的な強面《こわもて》だった。

ファニーが笑顔で夫に話した。

——イザベラはラッキーよ。イトーって、とっても勘がいいの。朝も九時ちょうどに来たし——

するとパークスはイトーに向かって、意外なことを言った。

——君は今朝、ずいぶん早くから来ていたね。ずっと門の外に立っていたけれど、うちの時計の音を聞いて、ノッカーをたたいたのだろう。一部始終、執務室の窓から見えたよ――

ファニーが鳶色《とびいろ》の目を見開いた。

――そうなの？　早く来たのなら、遠慮せずに入ってくればよかったのに――

だがイトーは顔を赤くして黙り込んでしまった。

イザベラは、また気味が悪くなった。時計の音が鳴るまで待っていたのなら、そう言えばいいものを、なぜ勘だなどと嘘をつくのか。

パークスは肩をすくめた。

――遅刻しないように早めに来たけれど、早すぎたから遠慮したんだろう。それを恥ずかしいと思って隠すのは、真面目で内気な日本の若者には、ありがちなことさ――

パークスは幕末に来日し、すでに十数年も日本でイギリス公使を務めている。日本人の気質を心得ていた。

だがイザベラには嘘をつく心情が理解できない。イトーは下を向いて黙ったままだ。

パークスは、かまわずに言った。

――イトー、先月、内務卿《ないむきょう》の大久保利通《おおくぼとしみち》氏が、この近くで暗殺されたことを、知っているかね――

イトーは少しかすれ声で答えた。

——はい。噂《うわさ》は聞いています——

——大久保氏は親イギリス派で、私も親しくしてきた。それが襲われて亡くなったのは、残念でならない——

その事件については、イザベラも横浜に着いてすぐに耳にしていた。実質的な首相だった大久保利通が、六人もの暴漢に襲われて命を落とした現場は、イギリス公使館から一キロも離れていない。

——まだまだ攘夷《じょうい》思想は根強い。反感を買うような言動は、謹《つつし》んでくれ——

パークスが注意を促すと、イトーは珍しく、はっきり返事をした。

——わかりました——

パークスはイザベラに顔を向けた。

——気をつけるに越したことはないが、いきなり女性を襲ったりはしないだろう。そういう点では、日本の治安はいい——

横浜に上陸して以来、イザベラの計画には誰もが反対した。西洋人が足を踏み入れたことのない日本の奥地に、女性がひとりで出かけるなど、危険すぎるというのだ。

ただ旅行好きなパークス夫妻だけは、反対しなかった。それどころか行き先無制限の特別な旅券を、日本政府に申請してくれた。今は、その認可待ちだった。

——私が妻と富士山や日光へ旅した時には、幕府や新政府が心配して、毎度、大名行列のように大勢がついてきたものだ。あそこまで仰々しくするのも馬鹿らしいが、まあ、事故のないように気をつけてくれ——

パークスはブラントンの地図を示して、イトーに説明した。

——日光から新潟まで行けば、函館行きの蒸気船が出ている。それに乗りなさい。新潟にも函館にもイギリス領事館があるから、君たちが行くことは手紙で知らせておく。ミス・バードは裏道を行きたいそうだから、郵便の方が早く着くだろう——

イザベラは未知の土地への期待が膨らむ反面、イトーという未知の日本人への薄気味悪さも感じていた。

六月十日の出発の朝も、好天に恵まれた。

イザベラが乗った人力車が先頭で、後ろに荷物、最後尾はイトーが乗り込み、三台を連ねて北に向かった。

江戸情緒そのものの下町を抜け、千住《せんじゅ》の宿場に入る。町家があり倉があり、人や馬や大八車が行き来して、子供たちがわめきながら、人力車を追いかける。

日本人の息吹が間近に感じられ、それでいて紙屑《かみくず》ひとつ落ちていない。イザベラは日本の都会の清潔さに感心した。

宿場町を過ぎると、太鼓橋の千住大橋を一気に渡った。思わず身を乗り出して、隅田川を行き来する小舟を眺めた。

すぐに荒川《あらかわ》の渡し場に至る。大きめの手漕ぎ船に三台の人力車が積み込まれ、車夫もイザベラもイトーも乗り込んだ。

船頭が長い棹《さお》で船着場の石垣を押して、とうとうと流れる荒川のただなかに、船が進み出る。船の形にも船頭の姿にも、ただただイザベラは目を奪われた。

わくわくしながら眺めていると、イトーが聞いた。

——楽しいですか——

——もちろんよ——

つい声が弾む。だが、ふと気づいた。人力車に乗り込む時から、イトーは不機嫌そうだったのだ。

今朝、メイドが起こしにきた時、イザベラはまだ眠っていた。

——イトーサンが来ました——

片言の英語で言われて、窓の外をのぞくと真っ暗だった。メイドも寝巻き姿で眠そうだ。懐中時計を見ると、まだ四時半だ。

昨夜、イザベラはファニーと遅くまで話し込み、ベッドに入って、それほど経っていない。イトーからは朝は早く出発したいとは聞いていたが、四時半とは論外だった。

それでも身支度をして、部屋から出ると、廊下でイトーが待ち構えていた。

——おはようございます。早く用意してください。早く出発して、早く次の宿場に入らないと、いい宿が取れなくなるので——

イザベラは、イトーの張り切りように呆《あき》れつつも、食堂に出た。しかし、まだ料理人も起きてこない。これからしばらくはイギリス式の食事はないし、どうしても最後の朝食は摂《と》っておきたかった。

イザベラの部屋では、イトーがガタガタと音を立てている。どうやら荷物を運び出しているらしい。イザベラは腹が立った。

——こんな朝早くから、公使館の人たちに迷惑でしょう。静かにしてちょうだい——

——もう終わりますから。もう、ほとんど人力車に載せました。だからミス・バードも早くしてください——

物音に気づいて、パークスが起き出し、料理人も起きてきて、朝食の準備をしてくれた。パークスは肩をすくめた。

——旅というと日本人は、むやみに早く出発したがるんだ。六月は夜明けが早いから、なおさらだな。でも日本人に合わせる必要はない。放っておけばいいさ——

それでベーコンエッグとトーストと、香り高い紅茶を、ゆっくり楽しんだ。それからファニーや公使館の職員たちと別れを惜しみ、ようやく外に出た。

するとイトーが、むくれ顔で待っていた。かまわずにファニーたちと最後の挨拶を交わして、人力車に乗り込んだ。

それきりイザベラは移り変わる町並みに夢中で、荒川の渡し船に乗って、ようやくイトーが不機嫌だったことを思い出したのだ。

イトーが改まって言う。

――どうか、明日の朝からは早起きしてください。そうでないと、ひどい宿に泊まることになりますから――

――わかったわ。早起きはするけれど、どんなひどい宿でも、私は平気よ。ほかの国でも、ずいぶんひどいところに泊まったことがあるし。でも、そういう思い出こそが楽しいの――

イトーは納得がいかない顔をしている。

荒川の北岸で上陸し、また人力車に乗って走った。すると街道の両側に、四角い池が並んでいた。

何の池かと不思議に思っていると、笠《かさ》をかぶった人々が足を水につけ、腰をかがめて何かを植え込んでいた。よく見ると小さな草が、きれいに並んで、水面から顔を出している。

車夫たちが、ひと休みしている間に、イトーに聞くと、水田で米を育てているのだという。イザベラには何もかもが珍しかった。

午後になって一悶着《ひともんちやく》あった。イトーは越谷《こしがや》宿で泊まろうという。日光街道で千住、草加《そうか》に続いて、わずか三つめの宿場だ。それに、まだ日は高い。

——せめて次まで行きましょう——

——でも、いい宿が——

——宿なんか、どんなところでもいいって、言ったでしょう——

結局、イトーが引き下がって、次の粕壁《かすかべ》まで進んだ。一軒の大きな宿屋の前で人力車を止め、イトーが中に入っていったが、すぐ戻ってきた。

——いっぱいで、空いている部屋はないそうです。ほかも当たってきますから、ここで待っていてください——

人通りの多い街道のただなかで、車夫たちと待つことになった。西洋人が珍しいらしく、通りすがりの人々が無遠慮に眺めていく。

そんな中でもイザベラは、車夫たちと「こんにちは」や「さようなら」「ハロー」「グッバイ」などを教え合った。

たがいに発音を笑い合っていると、イトーが息をきらせて駆け戻り、なんとか部屋が見つかったという。それでついていくと、街道沿いの大きな二階家だった。

車夫たちは、そこまで送り届けてくれて、自分たちは安宿に泊まるという。明日の集合を約束して「グッバイ」「サヨナラ」と言って別れた。

部屋に案内されてみると、イザベラの座敷と、イトーの部屋が離れていた。しかし、そこしかないのならしかたない。

イトーが荷を解《ほど》いていると、宿の奉公人が夕食の膳を運んできた。イトーが受け取って、荷物の中からフォークやスプーンを出して膳の上に揃えた。

イザベラが食べている間に、イトーも食事を摂ると言って、自分の部屋に向かった。だが驚くほど早く戻ってきて、イザベラの膳を片づけ、鴨居《かもい》に蚊帳《かや》を吊《つ》り、中で簡易ベッドを組み立てた。さらに宿から文机《ふづくえ》を借りてきて、上にペンやインク壺、用紙などを並べ、燭台《しょくだい》も用意してくれた。

最後にゴムたらいに湯を張って、かたわらに手ぬぐいを揃えた。万事、手際は悪くない。

――ありがとう。もう下がっていいわ。お湯の始末は明日でいいから――

だが、ひとりになったとたんに心細くなった。三方が襖《ふすま》で、廊下側だけが障子《しょうじ》だった。鍵もかからず、隣の話し声も筒抜けだ。

そのとき障子の向こうから、男の声がした。何ごとかと身がまえていると、いきなり障子が開いて、知らない男が顔を出した。

すんでのところで悲鳴を呑み込んだ。こちらの驚きように、相手も慌てて障子を閉めた。

だが、また誰か来るのではないかと、気が気ではない。大勢で押し入られたら、どうしようと、怖くてたまらない。

とうてい湯浴みなどできないし、着替えもできない。洋服のままで蚊帳に入ったが、寝られそうになかった。

イザベラは旅の一夜めにして後悔した。もしや周囲の反対は正しかったかと。


一睡もできないまま夜が明け、隣室で起き出す気配が相次いだ。イトーが現れた時には、心の底から安堵《あんど》した。

——昨夜、あなたがいなくなってから、知らない男が障子を開けたのよ。びっくりしたわ——

——急にですか。いちおう声をかけてから、開けませんでしたか——

——障子の外から何か言ったけれど、まさか開けるとは思わなかったし——

——それは宿の主人だと思います。客に挨拶に来るのが、日本の習慣です——

——そうなの？　それじゃあ今夜からは、その必要はないと伝えておいて。言葉が通じないのだから、来られても困るわ——

六時半には、昨日の車夫たちが迎えに来て、イトーが荷物を運び出した。

その間に宿の奉公人たちが来て、障子も襖も開け放った。周囲は大きな座敷だった。襖で小部屋に仕切って、客を入れていたのだ。

昨夜は話し声が聞こえたのに、誰ひとりおらず、奉公人たちが掃除を始めていた。客たちは、もう出かけたらしい。日本人は夜明けとともに出発するというのは本当だった。

イザベラも七時には出発できた。途中、車夫たちが休憩を取る間に、ブラントンの地図を開いて、イトーに言った。

――今日は栃木まで行きましょう。今朝は早く出発できたから、昨日よりも遠くまで行かれるでしょう――

イトーは遠すぎると反対した。また続き部屋が取れなくなるという。でもイザベラとしては、西洋人が来たことのある場所は、早く通り過ぎたい。

それに寝不足のため、人力車に乗っていると、すぐに眠くなる。いっそ寝ている間に、栃木まで行ってしまいたかった。

栃木に着いたのは日没近かった。そこは城下町で宿場町ではないために、宿屋が少ないという。またイトーが空き部屋を探しに走った。

待っている間、車夫たちは身振り手振りで、ジャンケンを教えてくれた。イギリスにも同じ遊びがあり、みんなで笑いながら遊んだ。イトーよりも、ずっと素朴で、楽しい男たちだった。

結局、大和屋《やまと》という大きな宿屋の三階に、ふた部屋続きで見つかり、そこに並んで入った。

イトーは昨日と同じように、手際よく作業を進めた。やはり周囲が襖と障子で、湯浴みは不要だからと、ゴム製のたらいは元に戻させた。

早々に寝台に横たわると、今度は耳障りな弦楽器の音と、甲高く奇妙な歌と、下卑た笑い声が聞こえてきた。やかましさが延々と続く。また眠れなかった。


翌六月十二日の朝も七時に出発できた。栃木は舟運の拠点としても賑《にぎ》わっており、ここからは例幣使街道に入る。

人力車は立派な町並みの間を抜けて、快適に進み、揺れが心地よかった。

――ミス・バード、起きてください――

イトーに声をかけられて、目が覚めた。昨日同様、すっかり寝入っていたらしい。

――夜は、よく眠れていますか――

イザベラは苦笑しつつ目をこすった。

――実は、ふた晩続きで眠れてないの――

――やはりそうでしたか。あまりによく寝てるので、車夫たちも、そうじゃないかと心配しています。何か不都合でも？――

——一昨日《おととい》は急に人が入ってきたし。昨夜は、やかましい楽器と酔っ払いの大騒ぎが、ずっと続いていて、もう耳障りで——

——やかましい楽器?——

——弦楽器よ。女の人の妙に甲高い歌声も。聞こえなかった?——

——そういえば、小唄と三味線が聞こえてましたね。でも私は、すぐ寝入ってしまったので——

イトーは気にならなかったらしい。

——言ってくだされば、よかったのに——

——言っても、どうにもならないでしょう。みんなが反対した理由を思い知ったわ。こんな旅は、やっぱり難しいのね——

正直に言うと、イトーは慌てた。

——待ってください。私が迂闊《うかつ》でした。大きい宿屋の方がいいと思い込んでいましたが、静かな方がいいなら小さい宿にしましょう——

小さい宿なら、早めに入って一軒借り切っても、そう高額にはならないという。

——今夜は日光の手前の、今市《いまいち》で泊まりましょう——

——いいえ、日光にはヘボン博士が勧めてくださった宿があるから、そこまで行きたいわ——

だがイトーは今度ばかりは譲らなかった。

――今市から日光までは、それほど遠くはないけれど、登り坂になります。遅くなると、車夫たちも疲れるし、今夜は無理はせずに、ちゃんと眠れる宿を取りましょう――

車夫たちが疲れるとなれば、たしかに気の毒だった。

――それに杉並木を、ちゃんと昼間、見てもらいたいんです。日本の印象が悪いままでは困るし――

そう言われて、イザベラは周囲の緑に気づいた。

――これが杉並木？――

見まわせば道の両側に、杉の大木が一定間隔で並んで、枝が雄々しく伸びていた。夕日の朱色に染まった木漏れ日が、幹の間を斜めに差し込む。さわやかな香りも満ちていた。

イトーが珍しく笑顔で聞く。

――気に入ってもらえましたか――

――もちろんよ。素晴らしいわ――

――どれも樹齢二百五十年近いんです――

かつて徳川家康が東照宮に祀《まつ》られた後、幕府の直臣が二十年の歳月をかけて、日光街道と例幣使街道、会津《あいづ》西街道の参道沿いに植林したという。

——三つの街道を合わせて、ゆうに一万本は超えるそうです——

いわれを聞いて、いっそうイザベラの胸が高なる。

——素晴らしいわ。聞いてはいたけれど、予想以上よ——

——このまま日没を過ぎると、せっかくの杉並木が真っ暗になってしまいます。もう今市は、すぐそこですから——

懸命に説得されて、今市に泊まることにした。

町外れの小さな宿屋を借り切り、車夫たちも同じ宿に泊まらせた。夕食も一緒にと誘ったが、三人とも「とんでもない」と遠慮する。人力車の旅は日光までになる。イザベラは別れる前に、ゆっくり話がしたかった。

それでも日本では、食べながら話すのは行儀が悪いというので、食事の後で部屋に呼んで、茶を飲みながら話した。イトーが車夫たちの言葉を訳す。

——どうしてミス・バードは、こんな遠くまで旅に来たがるのかと、車夫たちが不思議がっています——

イザベラは気軽に答えた。

——十代の中ごろから、脊椎の病気になって、部屋から出られない日が続いたの。来る日も来る日も揺り椅子に腰かけて、本を読んで過ごすだけ。夢は本の中にしかなくて、そのころから作家になりたかったのよ。でも部屋に閉じこもっているから、書く題材が何もなかったの——

十八歳の時に手術を受けた。非常に危険な手術だったが、なんとか成功した。

　――その夏、イギリスの田舎で静養したら、歩けるようになったのよ。それから何年かして、お医者さまに船旅を勧められて、今度はカナダとアメリカに渡ったの——

イザベラはイトーに聞いた。

——カナダとかアメリカって、この人たちにわかるかしら——

——何とか、わかるように訳します——

イトーの訳を、車夫たちは感心して聞き入る。

——カナダとアメリカ東部で七ヶ月を過ごして、その時のことを『英国女性の見たアメリカ』という本にして出版したら、割合に、よく売れたのよ——

それが二十五歳の時だった。

——もっと遠くまで旅をするようになったのは、四十歳を過ぎてからね。オーストラリア、ニュージーランド、ハワイ。アメリカ西部から東部まで大陸横断もしたの。それで自信が持てたのよ。私だって少しばかり勇気を出せば、どこにでも行けるんだって。脊椎の後遺症で、今でも背中は痛いけれど、自分の部屋から出られなかった頃から比べると、まるで別の人生よ——

——そんなに外国に行けるなんて、あなたの両親は、さぞや、お金持ちだったんでしようねと、車夫たちが感心しています——

イザベラは首を横に振った。

——父は牧師だったの。私が二十六歳の時に亡くなったし、その八年後に母も亡くなったわ。特にお金持ちではないけれど、本が売れたお金やら何やらで、こうして旅ができるのよ——

また車夫が何か聞いたが、イトーは困り顔になった。イザベラは促した。

——遠慮しなくていいのよ。何でも聞いてちょうだい——

するとイトーは、ためらいがちに言った。

——嫁にいかずに、天涯孤独の身かと聞いています。それと年齢も——

イザベラは思わず笑ってしまった。

——歳は四十六で、結婚はしていないけれど、妹がいるわ。妹も未婚よ。旅行記は彼女宛ての手紙として書くの。滅多に投函《とうかん》はしないけれど、その方が書きやすいから——

それからは車夫たちの身の上話を聞いたりして、遅くまで会話が弾んだ。

ただイザベラがイトーに話を振っても、自分のことは話したがらなかった。


翌日は雨だったが、雨模様の杉並木も風情があった。雨垂れが杉の葉の色を映し込み、空気までもが深い緑色に染まるかのようだった。

並木が途切れる頃には雨が上がり、東照宮《とうしょうぐう》の門前町に入った。町家の賑わいが続く。大谷川《だいやがわ》にかかる橋を渡ると、そこは寺社の崖下で、荘厳な雰囲気に変わった。

ヘボン博士は自分が勧めた宿を、金谷《かなや》カテッジインとか侍《さむらい》ハウスとか呼んでいた。ただ日本語の正式な名前がわからない。イトーは、またイザベラと車夫を待たせて、探しに走った。

その間、車夫のひとりが姿を消し、しばらくすると見たこともない花を手に戻ってきた。濃い桃色の美しい花だった。それをイザベラに差し出す。別れの贈り物にちがいなかった。

イトーが戻ってくるなり、イザベラは、もらったばかりの花を見せた。

――見て。彼らが、これをくれたの――

イトーも笑顔を見せた。

――ああ、山ツツジですね。昨日、聞かれたんです。今の時期に咲いていて、西洋にない花はないかって。それで山に入って、探して来たんでしょう――

イザベラには、こんな心遣いが何より嬉しい。

目指す宿は川沿いを、もっと上流に向かって進んだところにあった。人力車で門の中まで入り、車夫たちは荷物を玄関に運び込む。

それがすむと、イザベラに向かって何度も頭を下げた。たがいに「サヨナラ」「グッバイ」「サンキュー」「アリガト」を繰り返す。

彼らは人力車を引いて、軽い足取りで緩やかな下り坂を走っていった。それを見送りながら、イザベラはイトーに言った。

――とても素朴で善良な人たちに出会えて、日本のよさが、ひとつわかったわ。あんな人たちに会いたくて、私は旅をしているのよ――

イトーも見送りはしたが、イザベラの話には反応せず、何を考えているのか、また気味が悪かった。

金谷カテッジインには、客用の座敷が一階に二部屋、二階に五部屋あった。ほかに客はおらず、イザベラは二階の八畳と六畳の続き部屋に案内された。その北側にある六畳間にイトーが入った。

一風変わった造りの建物で、イザベラとイトーの部屋の間には、一階からの吹き抜けがある。たがいに小さな障子を開ければ、顔は合わせられるが、直接、行き来はできない。

なぜヘボン博士が、ここを勧めたのかが、よくわかった。日本の美学があるのだ。豪華絢爛《けんらん》ではなく、清楚《せいそ》な美しさだった。

座敷の南側にも北側にも回廊があり、どちらからも、よく手入れされた庭が望める。障子は庭向きの一面だけで、襖は続き部屋との間にしかない。あとの二面は床の間や壁だった。四方を襖や障子で囲まれた広間の部屋とは、比べものにならないほど落ち着ける。

内装の色づかいも秀逸だった。白い障子と薄緑の畳、茶系の木部と生成りの塗り壁。いつのまにか床の間には、さっきの山ツツジが花瓶に挿してあった。濃い桃色が、前々からあったかのように、空間に馴染んでいる。

風呂場はこぢんまりとして、石壁で囲まれており、イザベラにも入りやすかった。おかげでゴムたらいの出番はなかった。

宿の主人は金谷善一郎《ぜんいちろう》といって、年の頃なら二十代半ばで、上品な雰囲気だった。代々、雅楽の奏者で、東照宮で祭事の始まりと終わりに、笙《しょう》を吹くのが仕事だという。しかし東照宮は徳川家康を祀《まつ》る宮社のため、明治維新以降は将軍家の庇護《ひご》を失って、善一郎の収入も激減した。

そんな時に縁あって、ヘボン博士を泊めた。すると、すっかり気に入られて、西洋人向けに宿屋をやるように勧められたという。もともとは幕府から拝領した建物なので、ヘボン博士は侍ハウスと呼んだのだ。

いずれは日本的な意匠を取り入れた洋式ホテルを建てたいと、善一郎は話す。そのときの宿名は、自分の苗字《みょうじ》から「金谷ホテル」にしたいと話した。

翌日は東照宮を見物した。イザベラは華麗な装飾の社殿よりも、杉の森を真っ直《ます》ぐに貫く参道や、家康の墓所に向かう美しい石段に感動した。

――イトー、見て、この石段。今から二百五十年も前に造られたんでしょう。それなのに崩れた形跡がないし、まったくゆがんでもないって、信じられないわ。それぞれの段が、見事に大きさの揃った一枚石だし。日本古来の土木技術や、こういうものを造って守っていく文化って、すごいわ――

イトーは不思議そうな顔をした。

――そんなことを言う西洋人と、初めて会いました。みんな、日本は遅れた国だと言うし、日本人も、そう思っています――

――西洋の真似をするから、そう思うんでしょ。ここのところ日本人は西洋化が進んでいるって、誇りにしてるみたいだけれど、誇るべきものを間違えてるわ――

その後も連日、日光山の寺社をめぐったり、小学校の授業を見学したりで、金谷カテッジインでは予定以上の長滞在になった。

毎晩、イザベラは善一郎に部屋に来てもらって、会話を楽しんだ。善一郎は片言の英語を話すが、込み入った話になると、イトーが助け舟を出す。

善一郎は戊辰《ぼしん》戦争の話もした。戊辰の年である幕末最後の正月に、京都郊外の鳥羽伏見《とばふしみ》で戦闘が始まり、夏から秋にかけて戦いが奥州に移ってきたという。

中でも最大の激戦地は会津だった。日光の北にそびえる山を越えると、かつての会津藩領に入る。そんな近さのため、日光も無縁ではいられなかった。

会津に布陣していた幕府方の軍勢が南下してきて、今市で新政府軍と戦火を交えた。だが幕府方が劣勢になり、日光まで退却して、東照宮など寺社を占拠した。当然、新政府軍が追いすがる。

江戸では上野の山で戦争が起きそうで、将軍家の菩提寺《ぼだいじ》をはじめ、壮大な神社仏閣が灰燼《かいじん》に帰すと噂されていた。神社仏閣は大きな建物があるために、軍勢が滞在しやすく、戦場になりがちだった。

あわや東照宮もという直前に、敵味方で内々に話がまとまった。新政府軍が攻撃を踏みとどまり、その間に幕府方が撤退したのだった。

善一郎は、しみじみと話す。

「上野の美しい寺社は焼けてしまいましたが、この辺りが戦場にならなかったのは、不幸中の幸いでした」

その後、新政府軍は会津盆地へとなだれ込み、最後は会津の城と城下が総攻撃を受けた。女や年端もゆかぬ少年までもが戦って、命を落として開城に至ったという。

その夜、イトーは文机の用意をしながら聞いた。

――戊辰戦争のことを、本に書きますか――

――書かないわ、たぶん。私の読者は、日本の内乱には興味を持たないし――

――それなら、よかった――

――書かれたくないの？――

――日本人同士で殺し合ったなんて、恥ずかしいので――

――内乱なんか、どこの国でもあることよ。恥じるようなことじゃないわ――

するとイトーは少し表情を硬くした。

――イギリスはインドの内乱に乗じて、インドを植民地にしました。日本にも内乱があることを、イギリスの人たちに知られたくはありません――

――それは過去のことでしょう――

そう言いながら、イザベラは思い出した。去年も九州で西南戦争が起きていた。大久保利通が暗殺されたのは、その影響だった。

――大丈夫よ、西南戦争のことも書かないから。それにイギリスが日本を植民地にするつもりなら、戊辰戦争の時にしていたはずよ。でも日本人には知恵と気概があるから、できなかったのでしょうね――

イトーは自信なさげに聞く。

――そうでしょうか――

――そうよ。この宿のしつらえや、東照宮の石段を見ただけで、日本の文化や、日本人の力がわかるわ。あなたは自分の国に、もっと誇りを持つべきよ――

金谷カテッジインでの滞在中、晴れ間を選んで遠出をすることにした。中禅寺湖《ちゅうぜんじこ》の北に、湯の湖《ゆのこ》という小さな湖があり、そこまでの山道を馬で行ってみることにしたのだ。イザベラは日本の馬は初めてなので、試乗も兼ねた。

今や日本全国、どこでも馬は乗り継げるという。かつては宿場町の問屋場《といやば》から片田舎の農家まで、それぞれが個別に馬や飛脚便の取り次ぎをしていた。しかし西洋式の郵便制度が敷かれて、彼らは手紙を扱えなくなった。

その代わりに、全国組織の内国通運会社として結束し、問屋場や馬を扱う農家を駅逓《えきてい》と改称して、荷の配送に力を注ぎ始めた。料金も一律に定められ、以来、馬の乗り継ぎが確実になったという。

イトーが近くの駅逓に馬を頼みに走り、年配の馬子《まご》と二頭の馬を連れて戻った。

イザベラは乗馬用に特別なズボンを持っている。踏み台を用意してもらい、そこに足を乗せてから馬にまたがった。腰痛の影響で乗り降りは少し厄介だが、乗ってしまえば、馬の扱いには自信がある。

イトーも上手に乗りこなす。善一郎がイザベラに英語で言った。

――彼は侍ボーイですよ。日本では侍でなければ、馬には乗れないんです――

イザベラは馬上で眉を上げた。

――まあ、イトーが侍ボーイ？　知らなかったわ――

イトーは少し、しどろもどろになった。

――いや、父が侍だったのは、わずかな期間なんです――

そう言ったきり、また黙り込む。

イザベラは二頭を並べて出発した。馬子がくつわを引いて前を歩き、のんびりした道行きだった。

石ころや木の根が飛び出すような山道に入ると、馬子は馬に草鞋《わらじ》を履かせた。横浜辺りでは西洋式に蹄《ひづめ》に蹄鉄《ていてつ》を打つが、田舎では草鞋を履かせるのだと、イトーが説明する。

中禅寺湖の湖畔に出てから南に向かった。湯の湖への道からは少し外れるが、善一郎が強く勧めた半月山《はんげつやま》に登った。

そこからの眺めは秀逸だった。眼下に中禅寺湖、対岸には男体山《なんたいさん》が一望できる。手前の湖畔からは八丁出島《はっちょうでじま》という岬が、桟橋のように細く長く伸びていた。

いったん湖畔に戻ってから、今度は北に向かった。すると湯の湖の手前に、湯の滝が現れた。盛大に湯気を上げながら、岩肌を流れ落ち、ほかにはない迫力だった。

湯の湖の端にも温泉が湧く場所があり、そこに男女が素裸で浸かっていた。あられもない姿には閉口したが、おおむね快適な遠出になった。

その夜は湯元温泉で一泊して、翌日、帰路についた。イザベラは馬の背に揺られながら、改めてイトーに聞いた。

――どうして短い間だけ、お父さまは侍になったの？　もしかして戊辰戦争で戦ったのかしら――

イトーは、きっぱりと否定した。

――違います――

それきり何も話さない。口の重さに、何か背負っている気がした。

――無理には聞かないわ。でも話す気になったら、教えてね。せっかく一緒に旅しているのだから、あなたのことも知りたいし。嫌なら本には書かないわ――

三章　会津盆地をゆく

雨が降りしきる中、一歩進むごとに、馬の足がズブズブと泥の中に沈む。次の一歩のために、泥から足を引きずり出すのも、力が要る。

馬を引く馬子の足も同様で、伊東鶴吉は気の毒でたまらない。そのうえ坂を下ったかと思うと、すぐに上り坂に変わり、急勾配が繰り返される。

日光での滞在は十日に及び、今朝、金谷カテッジインを後にした。そこから杉並木の今市まで戻れば、会津西街道に出られたはずだった。

だがイザベラがブラントンの地図を見ながら、言い張ったのだ。

——今市の手前で、北に向かう道があるわ。これを通りましょう——

鶴吉は反対した。

——ちゃんとした街道を行きましょう。こんな裏道など、どれほど歩きにくいか知れません——

——最初に伝えたでしょう？　西洋人が行ったことのないところを選ぶって——

結局、鶴吉はイザベラに押し切られた。

まともな街道ならば、常に人の手が入って、砂を撒《ま》いたり石を取り除《の》けたりして整地されている。水はけもよく、雨が続いても、ぬかるむことはない。

だが、ひとたび街道から外れると、これほどとは予想を超えていた。鶴吉もイザベラも、雨に濡《ぬ》れる不快感と疲れと苛立ちとで不機嫌になり、もうずっと黙ったままだ。

遅々とした道行きながらも、なんとか山道を抜けた。水田が広がり、そのただ中の小さな集落に入ると、雨にもかかわらず村人たちが出てきて、じろじろとイザベラを見た。日光では西洋人は珍しくはないが、ちょっと離れただけでも事情が違った。

そこの駅逓で馬を替えて、さらに倍も進み、ようやく会津西街道に出た。鬼怒川《きぬがわ》沿いの道で、たちまちイザベラは機嫌が直った。

――渓谷が、きれいだこと――

雨は小降りになり、馬の足どりも軽い。

だが鶴吉は不満だった。もともと会津西街道は今市から続いているのだから、最初から、この道を来ればよかったのだ。

その日は鬼怒川温泉を通り過ぎて、鬼怒川沿いの小さな集落で泊まった。泊めてもらえる家は一軒しかない。

そこは鶴吉が見たことがないほど、ひどい宿だった。家の中に馬小屋があり、匂いがきつい。金谷カテッジインとは雲泥の差だった。

すでに客が廊下にたむろしていて、イザベラを遠慮会釈なく眺める。まして部屋は、ひとつしか空いていなかった。

——本当に、ここでいいんですね。鬼怒川温泉まで戻れば、もっとちゃんとした宿がありますよ——

口調が、つい険しくなる。だがイザベラも負けていない。

——ここでけっこうよ——

もう自棄《やけ》になっているとしか思えない。

しかたなく鶴吉は部屋に入って、荷物をほどいた。蚊帳を吊り、中で簡易ベッドを組み立て、周囲に、善一郎がくれた虫よけの粉薬を撒いた。当然、湯浴みはできない。

イザベラは服のまま簡易ベッドに横たわり、鶴吉は蚊帳の外で、やはり服のまま寝た。

しかし蚤や虱の猛攻撃で、夜中に目が覚めてしまう。

イザベラも眠れないらしく、何度も寝返りを打つ気配がした。しまいには、うめき声まで聞こえた。鶴吉は心配になって、小声で聞いた。

——どうしたんですか。どこか悪いんですか——

イザベラは、うめき声を押し殺して答えた。

——大丈夫、心配しないで。いつもの腰痛だから——

いまだ脊椎は完治していないとは聞いていたものの、長時間、馬の背に揺られて急坂を上り下りしたために、悪化したにちがいなかった。

まだ、うめき声が続く。鶴吉は狼狽《ろうばい》した。そうとう痛いらしいが、どうすることもできない。

そのうえ夜半には雨がひどくなり、雨漏りが始まった。鶴吉は腰痛に苦しむイザベラを起こし、急いで簡易ベッドを移動させた。

だが、すぐまた、そちらにも雨水が滴り始める。狭い部屋で逃げ場もない。なんとか雨水が当たらない場所を見つけた時には、もう朝になっていた。

鶴吉は神仏に祈った。これに懲りてイザベラが考えを改め、今日からは、まともな街道を進み、まともな宿に泊まれますようにと。

日本に、こんなひどいところがあると西洋人に知られたのも、恥ずかしくてたまらない。金谷カテッジインほどではないものの、粕壁や栃木の方がどれほどよかったかと、つくづく思った。


翌六月二十五日は、朝から激しい風雨だった。一刻も早く立ち去りたいのに、雨漏りする最悪な部屋で、小降りになるまで待たねばならなかった。

結局、出発は昼になってしまった。まだ小雨は残っていたが、とにかく最悪の宿から出られて、ほっとした。

鬼怒川支流の男鹿川《おじかがわ》沿いを、さかのぼった。その夜は、かつて大名も泊まった本陣が空いており、前日とは打って変わって快適だった。

翌二十六日には、会津西街道最大の難所といわれる山王峠《さんのうとうげ》を越えた。ここからは、かつての会津藩の領内に入る。

峠で分水嶺《ぶんすいれい》も過ぎ、下り坂のかたわらに、今までとは逆方向に流れるせせらぎが現れた。それが山王川であり、今度は流れに沿って下った。

だが山道の険しさに、イザベラの馬が使いものにならなくなった。つまずいて、よろめき、慌てて馬子が支えたが、今にも倒れそうだった。

鶴吉は、とっくに降りて歩いていたため、自分の馬と取り替えることにした。イザベラを抱きかかえるようにして、鞍《くら》から降ろし、自分の背中を踏み台にさせて、馬にまたがらせた。

だが、その馬もよろけ始めた。馬子はイザベラにも歩いてくれと頼む。しかたなく肩を貸して歩いた。

だが進んでいるうちに、いよいよイザベラ自身の足元が怪しくなった。何度も転びそうになるし、かなり腰も痛むらしく、立ち止まる時間が長い。

鶴吉は歩き出すまで待つつもりで聞いた。

――そんな体で旅をしようなんて、どうして考えたんですか――

イザベラは鶴吉の手につかまって、また歩き始めた。息を切らせて言う。

――幸せだからよ。体を動かせるのが嬉しいの。子供の頃、部屋から出られなかったことを思うと、こうして旅ができるのが、何よりの幸せよ――

――でも、こんなに苦しいのに――

――苦労を乗り越えてこそ、旅の満足があるのよ。ひと晩中、雨漏りから逃げまわったのだって、旅が終われば笑い話よ――

――そうでしょうか――

――そうですとも。なんとか頑張って旅を終えて、一緒に笑いましょう――

イザベラは息を切らせながらも、言葉に力を込めた。

――イギリス公使館でファニー・パークスに聞いたのだけれど、日本では山登りは僧侶や神官の修行だそうね。でも西洋じゃ立派なレジャーよ――

――レジャー？――

――ファニーはレジャーとして富士山に登ったのよ。私も山登りは好きよ――

レジャーとは初めて聞く言葉だったが、どうやら道楽のことらしい。

昔から富士山には、僧侶や神官の修行以外にも、登りたがる者は多い。ただ富士山自体が拝む対象だし、道楽というよりも、皆、信心のために登る。

それに富士山ならまだしも、こんな山越えがレジャーだと言われても、鶴吉には酔狂としか思えなかった。

その日は、イザベラが決めた目的地、田島《たじま》まではたどり着けなかった。ひとつ手前の集落までが、せいいっぱいだ。

ここも泊めてもらえる家は一軒しかなかった。夜目にも軒が傾いでいるし、外壁の土壁も崩れている。

引き戸から一歩、中に足を踏み入れて、鶴吉は愕然《がくぜん》とした。薄暗い土間に、目が痛いほど煙が充満していたのだ。ここも馬小屋が一緒で、強烈な汚水の匂いも加わり、息を吸うのもためらわれた。

イザベラは煙で目を瞬《しばた》きながら言った。

――またひとつ、笑い話が増えそうね――

だが現実は笑い話どころではなかった。部屋は鬼怒川沿いの宿を超える不潔さで、またもや蚤と虱の猛攻は避けられない。

家の主人が廊下で這《は》いつくばり、額を床板にすりつけて謝る。

「汚い家で申し訳ありません。何かと行き届きませんが、こちらの奥方さまに、お泊まりいただけるような宿ではございませんで、何しろ汚くて、行き届きませんで申し訳なく」

くどくどと繰り返す。行燈《あんどん》の薄明かりでも、汚いことなど充分にわかるし、こちらの都合で泊まることにしたのだから、謝罪や言い訳など不要だ。這いつくばってまで卑屈になる態度も、鶴吉には苛立たしい。

「もういい。もういいから。とにかく夕食を頼む」

手で追い払う仕草をすると、なおも申し訳ないを繰り返した挙げ句、正座したまま後ずさり、深々と頭を下げてから襖を閉めた。

だが襖の隙間から、煮炊きの煙が入り込んできて煙いし、暑くてたまらない。鶴吉は立ち上がって、縁側の障子を開けた。

すると縁側には何人もの男女が、中腰でたむろしていた。今まさに、障子の隙間から中をのぞこうという姿だった。

鶴吉は、せいいっぱい腹立ちを抑えて、低い声で言った。

「見世物じゃないんだぞ。あっちへ行け」

だが障子を開けたことで、なおさらイザベラへの興味が増したらしく、立ち去るどころか背伸びをして、こちらをのぞき込む。

しかたなく大きな音を立てて、障子を閉めた。また煙が充満するし、暑くてたまらない。

女の奉公人が夕食の膳を持ってきた。小鉢のひとつに黒豆の煮物が盛られ、もうひとつにはきゅうりの煮物が入っていた。きゅうりを煮るのも、鶴吉には初めてだ。

飯と汁物は、後から出てくるのかと待っていたが、いつになっても出てこない。鶴吉が廊下に呼びかけると、さっきの女が戻ってきて、飯はないという。

「じゃあ、後は何が出てくるんだ？」

女は身を縮ませて答えた。

「これで全部だよ」

夕食が、きゅうりと黒豆だけとは、自分の腹具合よりも、イザベラに対して申し訳なかった。

その時、ふいに縁側の方から小声が聞こえた。

「あの女、早ぐ食べねえがな」

「なじょんして食べるんだべ」

声の方を向くと、いつのまにか障子に、いくつもの穴が空いており、ひとつずつ目が張りついていた。

その瞬間、鶴吉の堪忍袋の緒が切れた。大股で障子に近づき、力いっぱい開けて怒鳴った。

「何をしてるッ。あっちへ行けと言っただろうッ」

あっという間に廊下の端まで逃げていく。それでも鶴吉の腹の虫は収まらない。怒りが膳に向いた。

「飯がないって、何なんだッ。この辺は米どころじゃないのかッ」

会津周辺は土地が肥えており、米のできがいいはずだった。冷夏で不作になる時もあるが、ここのところ、そんな話も聞いていない。

たとえ去年が不作だったとしても、米を食べつくすのは秋の収穫前が多く、六月に米がないなど考えられなかった。

しかし奉公人の女は身を縮めるばかりだ。イザベラが制止した。

――イトー、やめなさい。のぞき見られるのは初めてではないし、食べものだって、ないのなら仕方ないでしょう――

すでに粕壁でも栃木でも嫌な目にあって、諦めの境地らしい。

鶴吉としては、イザベラの立場を慮《おもんぱか》って怒ったのに、本人に引き止められては、なおさら癪《しゃく》にさわる。

とにかく黙って夕食を終え、いつものように蚊帳を吊って、簡易ベッドを組み立てた。

そうしているうちに、表通りが騒がしいのに気づいた。笛や太鼓の音が聞こえる。

さっきの女を呼んで聞くと、今日は田植えが終わった祝いの祭りで、村中で酒を飲み、ひと晩中、騒ぐのだという。

イザベラと一緒に通りまで出てみたが、酔っぱらいの男女が松明を掲げ、大騒ぎしながら練り歩いていた。鳴り物以外に祭りらしい華やかさはない。行列は村外れまで行くと、また戻ってきて宿の前を通り過ぎる。そうして行ったり来たりするだけで、ただの馬鹿騒ぎにしか思えなかった。

さすがにイザベラも溜息をついた。

——これを、ひと晩中やられたら、なかなか笑い話にはできそうにないわね——

部屋に戻って寝ようとしたが、今度は家の中から子供の咳《せき》が聞こえた。そういえば、この宿に着いてから、ずっと続いている。それが耳障りでならない。

イザベラが蚊帳の中から言った。

——イトー、薬箱を出してちょうだい。それから、あの咳をしている子を連れてきて。こんな煙たい家じゃ、咳も出るはずよ——

煮炊きは終わったものの、まだ家中がくすぶり続けていた。

鶴吉は、柳行李《やなぎごうり》の中から薬箱を探し出して、子供を呼びに行った。すると咳き込んでいるのは男の子で、母親も心配してついてきた。イザベラの前に座ってもなお、咳は止まらない。

イザベラは薬箱から、小瓶を取り出すと、コルクの栓を抜き、男の子の口を開けさせて、ほんの二、三滴、舌の上にたらした。

男の子は飲み込んだ後、まだ少し咳をしていたが、母親と一緒に自分たちの部屋に帰っていった。それきり咳は聞こえなくなった。

イザベラは薬瓶をしまいながら言った。

――薬って、飲んだことがない者ほど、よく効くのよ――

外のお祭り騒ぎは続いており、この調子では、イザベラは寝られないだろうと、気の毒に思いながらも、鶴吉自身は床に入るなり、深い眠りに落ちた。


揺り起こされて目を覚ました。

――イトー、早く起きて。みんなに言ってちょうだい。私は医者じゃないって――

起こしたのはイザベラだった。もう明るくなっており、なんだか騒がしい。ただ昨夜の騒がしさとは違う。

鶴吉が目をこすりながら上半身を起こすと、すでに障子が開け放たれ、縁側の向こうには、大勢の村人たちが押し合いへし合いで並んでいた。口々に言う。

「頼みます。うちの子にも薬をくだせえ」

「どうか、うちのばあちゃんも診《み》てくだせえ。目が見えねえんだよ」

昨夜の子供の咳が治まり、その噂が、早朝から村中に広まったらしい。

「うちの子も、首とか背中とか、かゆがって、ほれ、こんなに腫れて」

抱いていた子供の背中を見せつける。たしかに真っ赤にただれていた。ほかの子供たちも、たいがいは皮膚病だった。まぶたが腫れて、目が閉じそうな子もいる。

鶴吉は慌てて起き出した。

「この女の人は医者じゃないんだ。診てもらいたかったら、ちゃんとした医者に行け」

するとひとりが口をとがらせた。

「この辺にゃ医者なんかいねえし、遠くまで行けばいるげんども、診でもらう金がねえ」

見れば大人の着物は垢《あか》で黒光りして、袖も襟も裾も、擦り切れている。子供たちは揃って腹がけひとつの裸だ。

イザベラは哀《かな》しげな顔をした。

——みんなに分け与えるほど薬を持っていないし、助けてはあげられないの。その代わり、夏は水浴びでいいから、皮膚の垢を落として、まめに着物を洗いなさい。清潔にすることが、いちばん大事ですよ——

鶴吉が訳して伝えても、村人たちは戸惑い顔だ。抱かれていた子供が、かゆがって首をかきむしり、今度は痛くなって泣き出した。

イザベラは見かねて、柳行李から平たい缶を取り出した。そして子供を手招きして、ひとりずつ練り薬をつけてやった。つけてもらった者から、親が何度も頭を下げて帰っていく。

最後に目の見えない老婆と、その孫娘だけが残った。イザベラが気の毒そうに言う。

――白内障でしょうね。手術で治るけれど、私には、どうしてあげることもできないのよ――

老婆と孫娘は落胆して去っていった。

それから鶴吉は、いつものように手早く荷造りをして外に出た。昨夜は暗くて、よく見えなかったが、どこの家も今にも崩れそうだった。そうとう貧しい村らしい。

ただし昨日、使いものにならなかった馬たちは、なんとか元気になっていた。荷を運んで載せているうちに、さっきの子供たちが戻ってきた。遠巻きにして、こちらを見つめる。

イザベラと鶴吉が馬にまたがって出発すると、子供たちが、ぞろぞろとついてくる。気がつけば大人たちも一緒だった。

鶴吉は手で追い払った。

「ついてくるなよ」

だが子供を抱いた男が首を横に振る。

「おらも、こっちに行ぐ用があんだ」

平地の外れ、ここから山道に入るところまで、とうとう全員がついてきてしまった。

さっきの男が鶴吉に聞いた。

「この女の人の国の言葉で礼を言うにゃ、何て言えば、いいんだべか。子供のかゆいのが治ったがら」

「サンキューだ」

すると男は抱いていた子供の首筋を、何度も指さしながら、イザベラに向かって拝むような仕草をした。

「サンキュー、サンキュー」

首のかゆみが治ったと伝えたいらしい。周囲の子供たちも、赤みが引いた自分の肌を指さして、口々に真似た。

「サンキュー」

「サンキュー」

知らない言葉を口にするのが楽しいのか、かゆみが治ったのが嬉しいのか、どの子も飛び跳ねながら笑顔で言う。

「サンキュー、サンキュー」

イザベラも笑顔で応えた。

——どういたしまして。だいぶ、よくなったのね——

馬子が馬を促して山道に入る。イザベラが振り返って手を振ると、いっせいに手を振り返して、大声でサンキューと叫んだ。

鶴吉は大人も子供も好奇心から、ついてきたのだと思い込んでいた。だが彼らは別れを惜しみ、礼を言いたくて見送りに来たのだ。

鶴吉は急な山道で馬に負担をかけまいと、また鞍から降りて歩いた。しばらく進むうちに、前を行く馬上のドレスの背中が、小刻みに震えているのに気づいた。驚いて駆け寄って聞いた。

——どうしたんですか。また腰が痛いんですか——

そこで息を呑んだ。イザベラは泣いていたのだ。指先で目元をぬぐって言う。

——子供の病気は他人事じゃないのよ。自分が病気だったから——

もういちど涙をぬぐう。

——それに、あの子たちが健気《けなげ》で。あの村じゃ、きっと教育は受けられないでしょう。一生、あんな状態かと思うと——

鶴吉は別の意味で驚いた。見送りには心温まりはした。でも泣くほどのことかと。馬のかたわらを歩きながら聞いた。

——このことを本に書くんですか——

——そうね、書くわ——

馬上のイザベラを見上げて、思わず語気を強めた。

——それはやめてください。イギリスの人たちに、日本が、こんなところだと思われたら困ります。東京や横浜だけじゃなくて、私の生まれ育ったところだって清潔だし、ちゃんと医者もいるし、学校だってある。日本は世界のどの国よりも、読み書きのできる人が多いんです――

昔から寺子屋があるおかげで、都会や近郊での識字率の高さには、来日する西洋人が驚く。鶴吉は、それを誇りにしてきた。

しかしイザベラは首を横に振った。

――私が書くことによって、日本の政治家や役人が、この貧しさを何とかしなければと気づくでしょう。それが私にとって、あの人たちを救う唯一の方法なのよ――

鶴吉は、ふたたび驚いた。そんな意図があったのかと。

それでも日本の貧しさを、西洋人に知られるのは嫌だった。鶴吉には日本人としての矜持《きょうじ》がある。こんな貧しい村が日本にあるとは、自分も知らなかったし、知りたくもなかった。

イザベラにも言った通り、故郷の菊名は、もっと豊かだ。それが日本の典型だと思っていた。

鶴吉の父親は長次《ちょうじ》といって、若い頃に漁師から押送船の乗り手に変わった。まだ鶴吉が生まれる前のことだ。

江戸に向かうすべての船は、浦賀奉行所で船改めを受ける。奉行所は幕府の出先機関であり、海の関所と呼ばれていた。ただ押送船は速さが勝負であり、改めは免除だった。長次は度胸がよく、何より天候の変化を読む勘が人いちばい優れていた。その警告を無視して船を出し、嵐に巻き込まれて帰ってこなかった漁師は何人もいた。

鶴吉が生まれる四年前の夏に、ペリーの黒船艦隊が三浦海岸のすぐ前を通っていった。四隻の黒船は、海の関所で停止させられて、浦賀沖に停泊した。

浦賀の港は、両側に山が迫る細長い入り江だが、湾口が三角に広がっている。そこを浦賀沖と呼ぶ。

奉行所ではペリー一行を、浦賀の南隣の湾にある久里浜に上陸させて、アメリカ大統領からの国書を受け取った。

久里浜の、さらに南隣には三浦海岸が弓形に伸び、その南端近くが、鶴吉が生まれ育った菊名だ。菊名から浦賀までは、船で三里ほどの距離だった。

翌年、黒船が再来航し、幕府は横浜で和親条約を結んだ。以来、浦賀奉行所の御用船が増強された。

すでに長次は身を固めており、これを機に危険な押送船を辞めて増強に応じた。自前の船で、浦賀奉行所や三浦半島突端の三崎勤番所《みさききんばんしょ》へ通い、江戸湾口の備えに就いた。

そんな頃に鶴吉が生まれ、翌年には通商条約が欧米各国と結ばれた。ペリーと交わした和親条約は、水と燃料の供給などを約束しただけだったが、今度は貿易のための条約であり、横浜が開港した。

これによって外国人は、横浜から十里以内なら外出できるようになった。三浦半島全域が、その範囲に入った。

そのため鶴吉は物心ついた頃から、蒸気船が三浦海岸の沖を通ったり、西洋人が馬で菊名の集落まで来たりするのを、ごく身近に見て育った。

最初に憶《おぼ》えた英語は「ボーイ」だった。道端で仲間たちと遊んでいると、西洋人に「ヘイ、ボーイ」と手招きされ、及び腰で近づいてみると、西洋の甘い菓子をもらえた。特に西洋人の女性は優しかった。

鶴吉が六つになった秋に、生麦《なまむぎ》事件が起きた。横浜にほど近い東海道の生麦で、イギリス人男女四人が、薩摩《さつま》藩の行列を乱したとして、その場で手討ちに遭ったのだ。四人のうち、ひとりが即死、ふたりが重傷。唯一の女性は、髪を剃《そ》り落とされて解放されたが、半狂乱という噂だった。

鶴吉は、母が気の毒がったのを、よく覚えている。

「なんてひどいことを。言葉も通じない人たちに斬りつけるのもひどいけれど、女の髪を剃り落とすなんて。頭に刃物を突きつけられて、どれほど怖かったでしょう」

父も激しく憤った。

「まったく薩摩の芋侍どもが、とんでもない蛮行だ。面白半分で、女に辱めを与えるなど、日本人の面汚《つらよご》しもいいところだ」

生麦事件は国際問題に発展したが、薩摩藩には謝罪の意思は皆無で、そのせいで幕府は窮地に追い込まれた。

イギリスの艦隊が攻めてくるのではと緊張が高まり、いっそう江戸湾の守りが重視された。その結果、長次は奉行所の御用船の乗り手から、幕府軍艦の水夫へと抜擢された。

幕府はペリー来航直後から、オランダ海軍教官の指導を仰いで洋式海軍を創設しており、着々と輸入軍艦の数を増やしていた。それに伴い、水夫も増員されたのだ。

その後、慶応年間になると、幕府は軍制改革を行った。新設された洋式陸軍や海軍の分野で、身分にかかわらず、実力主義で人材を登用した。

それに伴って、長次は水夫から士官へと昇進し、武士の身分を得たのだ。天候予測の力や度胸のよさを、高く評価された結果だった。

母は輸入物の毛織物を手に入れて、父のために筒袖の羽織と筒袴を仕立てた。毛織物は軍艦上で水に濡れても寒くない。

それを着て大小の刀を腰に差した勇姿は、まさに新時代の武士であり、九歳になっていた鶴吉は心の底から誇らしさを感じた。

苗字を伊東と名乗り、長次を「ちょうじ」ではなく「ながつぐ」と読ませた。家族の住まいも浦賀に移った。

紺碧《こんぺき》の浦賀沖には、よく幕府軍艦が投錨《とうびょう》していた。三本帆柱の船影を、鶴吉は胸を高ならせて眺めたものだ。

父が配属されたのは特に美しい蒸気軍艦だった。ハンリョウ丸といって、難しい漢字だったために、鶴吉は耳で聞いた通りに記憶した。

もともとはイギリス王室の御用船だったが、通商条約が結ばれた際に、イギリス側から将軍家に献上されたという。

「鶴吉、なぜイギリスが、こんな豪華船を将軍家に贈ったのか。その理由がわかるか」

父の問いに、鶴吉は首を横に振った。

「おまえが生まれる十五年ほど前に、清国《シン》とイギリスとの間で阿片《アヘン》戦争が起きた。イギリスの商人が大量の阿片を売りつけ、清国側が輸入を拒んだことから、イギリスが艦隊を派遣して攻撃したのだ」

どう考えても正義はイギリス側にはないのに、蒸気船と大砲のおかげで、イギリスが勝利を収めたという。

「そんな無法があったから、江戸の将軍家は諸外国の中で、特にイギリスを警戒してきた。イギリスも警戒されていることを自覚していたから、条約を結ぶに当たって、警戒を和らげようと、ハンリョウ丸を手土産にしたのだ」

以来、イギリスは、こちらの機嫌を取っているが、ひとたび隙を見せれば、たちまち戦争を仕掛けられて、国を乗っ取られるという。

そうならないために幕府は、海軍の増強に尽力していた。

「鶴吉、おまえは英語をやれ。おまえは読み書きが得意だし、外国のことを勉強しろ。軍備ではなく、外交で国を守るのだ。近いうちに江戸の英学塾に入れてやる」

鶴吉は嬉しかった。できれば自分も軍艦に乗りたかったが、父のような豪胆さや度胸がない。なぜ父に似なかったのかと、それが悩みだった。でも英学なら、なんとかできそうな気がした。

だが結局は幕府が崩壊したために、英学塾入りは実現しなかった。その代わりに、鶴吉は宣教師の家に奉公に入って、実地で英語を身につけたのだった。

大勢の子供たちの見送りを受けて出発した後、六月二十七日には大内宿《おおうち》に着いた。会津西街道の宿場町だ。

立派な茅葺《かやぶ》き屋根の農家が、一定間隔で連なり、どこの家でも、頼めば泊めてもらえるという。そこで鶴吉は、ほかに客のいない家を選んだ。

おかげで静かな夜を過ごせて、イザベラに湯浴みもさせられて、ようやく安心できた。ここのところひどい宿が続いたので、天と地ほどの気分だった。

翌日は、ふたたび街道からそれて、脇道を北西に向かった。朝からずっと雨に見舞われ、また山道がぬかるんで進みが遅かった。

雨、雨、雨。季節柄、悪天候は仕方ないと覚悟していたが、これほど雨が苦痛になろうとは、はるかに鶴吉の予想を超えていた。油紙を着込んだ上に蓑笠《みのがさ》をつけているが、中まで水が染みてくる。

風雨をついて行けども行けども、平坦な土地には出られない。馬子が溜息をつく。

「普段だら、こだ道は小半時もあれば、着ぐんだけどね」

結局、次の駅逓のある高田《たかだ》まで、何時間もかかってしまった。鶴吉は高田で泊まろうと提案したが、イザベラは、もっと先まで行くと譲らず、坂下《ばんげ》まで進むことになった。

もう会津盆地に入っており、道は平坦ではあったが、坂下の地名通り土地が低く、降りしきる雨のせいで水はけが悪かった。

一歩進むごとに馬の足が深々と泥に沈む。稲田の中を歩くかのようで、またしても遅々として進まない。

坂下に着いた時には、すっかり日が落ちていた。そのうえ雨が激しく、この時間では、どこも宿はいっぱいにちがいなかった。

鶴吉は空き部屋を探す間、馬子とイザベラを雨宿りさせたかった。ちょうど扉が開いていた倉が目に入り、飛び込んでみると真っ暗で、嫌な匂いがした。どうやら壁際に干し魚の俵でも積んであるらしい。それでも広さはある。とりあえず、そこで雨宿りしてもらい、ひとりで宿場を走りまわった。

ようやく、ひと部屋だけ見つかったが、今までで最悪な印象だった。どぶくささに黴《かび》くささ、それに馬小屋の匂いが混じり合う。しかも大広間を襖と障子で仕切った六畳で、またのぞかれるのは間違いない。でも、ここに泊まるしかなかった。

急いでイザベラを呼びに戻ったが、さっきまで空だった倉が、雨宿りの人でいっぱいになっていた。これほどの人数が、どこから来たのか、驚くばかりだ。

イザベラは後から入ってきた人々に押されて、奥に入り込んでしまっていた。人をかき分けて中に進むと、干し魚の強烈な匂いが鼻につき、そこに人いきれが加わって、はきそうになる。

そのうえイザベラは土間に直接、座り込んで苦しんでいた。いつもの腰痛だ。人の視線が注がれる中、鶴吉はイザベラを抱き起こし、降りしきる雨の中を宿に向かいながら、舌打ちしたい思いだった。

だから高田で泊まっておけばよかったのだ。だいいち、こんな体で旅をするなんて、そもそも無謀なのだ。

鶴吉は苛立ちのあまり、イザベラを水溜《みずた》まりに突き飛ばしたい衝動に駆られた。これほど世話をさせられて月十二ドルは、さほどいい報酬ではない。こんなことならタリーズに殴られた方が、ましにさえ思えた。

その夜の宿は予想通り最悪だった。どこでも今までで最悪だと思うのだが、それを上まわる宿が現れる。

四方の襖を閉め切るしかなく、蒸し暑さの極みだった。水はけの悪さからか、一晩中、すさまじい蚊の猛襲にもさらされた。

さすがのイザベラも弱音をはく。

――なんて、ひどいところなの――

鶴吉は、だから最初から無理な旅行だったと、喉まで出かかった言葉を呑み込んだ。

六月二十九日は夜明け前から、さっさと出発の準備を整え、まだ薄暗いうちに宿から逃げ出すことにした。

だが外に出るなり、イザベラを見ようと、とてつもない数の群衆が、松明を手にして待ち構えていた。その人数には恐怖すら覚えたが、鶴吉は急いで馬に荷物を載せた。

イザベラが馬に近づいて、荷の端にくくりつけてあった望遠鏡を手に取った。雨が止んで、明るくなっていたので、行く手の山を見ようとしたのだ。

だが、その瞬間、誰かが叫んだ。

「鉄砲だあッ。逃げろッ」

あちこちから悲鳴が上がり、群衆はいっせいに背を向けて逃げ出した。

だが立錐《りっすい》の余地もなく立っていたので、押し合うばかりで動きが取れず、絶叫が響く。

子供たちは突き飛ばされて、こけつまろびつ大泣きする。

突然の阿鼻叫喚《あびきょうかん》に、イザベラは何が起きたのかわからず、茶色の目を見開く。

――イトー、どうしたの？　何が起きたの？――

鶴吉が事情を説明すると、イザベラは望遠鏡を突き出した。

――これが何なのか、今すぐ、みんなに説明してあげて。こんな素朴な人たちに、誤解されたくないわ――

鶴吉は望遠鏡を受け取るなり、大声で叫んだ。

「鎮まれッ。これは鉄砲じゃあないッ」

だが悲鳴と怒声にかき消されてしまう。鶴吉は、いちばん近くにいた男の腕をつかんで、耳元で叫んだ。

「これは鉄砲なんかじゃない。ちっとも危なくなんかないッ」

男は振り返って望遠鏡を見るなり絶叫し、人と人との間に割り込んで逃げようとする。

鶴吉は男の腕を放さず、もういちど声を張った。

「落ち着けッ、落ち着けよ。これは遠眼鏡《とおめがね》だッ。目に当てて、遠くを見る道具だ。鉄砲なんかじゃない。こうやって使うんだ」

自分の目に当てて、周囲を見まわした。それから男に向かって、望遠鏡を差し出した。

「のぞいてみろよ。なんでも、でっかく見えるから」

男は激しく首を横に振る。鶴吉は無理矢理、持たせた。すると銃ではないとわかったらしく、恐る恐る目元に持っていく。

「ああ、駄目だ、駄目だ」

そう言っただけで、男は震え上がった。

「逆さまだ。こっちから見てみろ」

筒を逆にして目に当てさせた。すると男は山の方を向くなり、怪訝顔《けげんがお》で外し、また目に当てて叫んだ。

「おおおーッ、すんげー」

逃げかけていた男女が気づいて、ひとり、ふたりと立ち戻ってくる。子供たちも泣き止んで集まってきた。

それから望遠鏡は手から目へ、また別の手から別の目へと、延々と渡っていき、今度は取り戻すのに苦労した。

坂下は会津盆地の西の端に近い。ここで越後《えちご》街道に合流し、あとは新潟に向かうばかりだ。会津から新潟へと流れる阿賀川《あががわ》沿いを下る。

出発すると、ほどなくして深い谷に分け入った。空は晴れ間が見えるが、昨日までの雨で、相変わらず道はぬかるんでいる。越後街道とは名ばかりで、水はけの悪い悪路だった。

とうとう鶴吉の馬が滑って転び、荷物が散乱してしまった。馬子が慌てて馬を起こし、鶴吉は落馬の痛みをこらえながら、荷をかき集めた。

柳行李のふたが開いて、中身が散乱し、何もかもが泥まみれだった。どろどろの地面に這いつくばって拾っていると、情けなさで涙が出そうになる。なんとか立て直して歩き出した。

だが、ふと気がつくと、いつのまにか上空が青く輝き、周囲には木漏れ日が、ちらちらと揺れていた。

崖際に差しかかった時に、樹木が途切れて、急に視界が広がった。昨日と打って変わって緑の山が美しく、彼方《かなた》には磐梯山《ばんだいさん》まで見通せた。苛立ちや情けなさが、景色のおかげで収まっていく。

さらに進んでいくと、小さな集落が現れ、また険しい山道に入る。集落と山道とを、嫌というほど繰り返しているうちに、なんとか上野尻《かみのじり》に着いた。

そこは阿賀川の舟運の中継ぎ地だった。新潟から会津向けの荷を積んで、さかのぼってきた大型の川船は、水量が減る時期には、ここより上流に進めなくなる。もっと小型の船や馬の背に載せ替えて、上流域を目指すのだ。そのため川沿いには倉が並び、町家が連なっていた。

ただし川船は荷物専用で、人を乗せる船は、もっと下流の町まで行かないと出ていないという。

それに、またしても時間が遅くて、まともな宿屋はいっぱいだった。すると疲れ切っていたにもかかわらず、イザベラが言った。

——明日は日曜日だから動きたくはないの。だから、ゆっくり二泊できるような、人里離れた宿はないかしら。夜道を歩いてもいいから——

また、わがままをと舌打ちしたかったが、鶴吉は思い返した。二週間前の日曜日は出発前だったし、先週末は金谷カテッジインにいた。たしかに日曜日には移動していない。

鶴吉が子供の頃、最初に奉公に入った宣教師の家を思い出す。キリスト教徒は安息日には教会に行く以外、けっして動こうとしない。それは充分に心得ている。

仕方がないので駅逓で相談してみた。すると車峠《くるまとうげ》という山の上に茶店が一軒あって、泊めてもらえるかもしれないという。

そこで松明で足元を照らしながら、残る体力と気力を振り絞って、急峻《きゅうしゅん》な山道を登った。爆発寸前の不満を抱えながら。

車峠までたどり着いてみると、泊めてもらえた。ほかに客はいない。

どれほどひどいところかと覚悟したが、入ってみると、縁側が谷に面しており、夜風が通って心地よかった。周囲に家がないから、のぞかれる心配もない。

鶴吉は蚊帳を吊り、ゴムたらいに湯を張って、隣の室に退いた。障子を開け放っても静かで、風があるせいか蚊もおらず、あっという間に寝入った。

目が覚めた時には、すっかり明るくなっていた。開け放った障子の向こうから、イザベラが声をかけてきた。

――よく寝ましたね。もう、お昼ですよ――

驚いて身を起こすと、イザベラはドレス姿で柱に背を預け、スカートの中で立て膝をしていた。よく見ると、膝の上にノートを置いて、右手にはペンを持っている。いつもの旅行記を綴《つづ》っていたらしい。

――すみません。寝過ごしました――

慌てて起き上がると、イザベラは鷹揚《おうよう》に言う。

――いいのですよ。今日は安息日だから、あなたもゆっくりなさい――

――いいえ、そういうわけにはいきません。だいいち私はクリスチャンではありませんし、安息日など関係ありません――

――じゃあ、好きにしなさい。でも、この景色を見ておいて。また雨が降り出したら、見えなくなるから――

指し示された縁側の先を見て、鶴吉は息を呑んだ。部屋は崖上に張り出しており、深い谷に向かって絶景が広がっていた。対岸の山並みも美しい。

――これは、すごいな――

――ね、いい部屋でしょう。昨夜、頑張って登った甲斐《かい》はあったわね――

――そうですね――

鶴吉は認めざるを得ない。

景色を満喫すると、鶴吉は泥だらけになったイザベラの着替えなどを、柳行李から引っ張り出した。しかしイザベラが書き物の手を止めて言った。

――洗濯はいいわ。新潟は開港場だから、西洋ランドリーの店があるでしょうし、そこに出せばいいから――

しかしハンカチーフやタオルの替えが足りなくなっていた。洗ってこようと外に出たところで、子供の泣き声がした。

見れば隣家の開け放った縁側で、母親が女の子をなだめている。鶴吉は立ち止まって庭越しに聞いた。

「どうした?」

母親が困り顔で応えた。

「ゆんべっから魚の骨が、娘の喉さ刺さって」

「昨夜から、ずっと痛がっているのか。そりゃ気の毒だ」

すぐに部屋に取って返し、イザベラに話すと、書き物をやめて、荷物を探り始めた。

——ピンセットがあればいいんだけど、持ってないし、レース針で取れないかしら——

イザベラはレース編みが趣味で、専用の針と糸を持参していた。鶴吉はスーツケースの奥から、細い鉤針《かぎばり》を探し出し、ふたりで隣家に駆けつけた。

鶴吉が事情を説明したが、女の子はイザベラを怖がって、母親の後ろに隠れてしまい、口を開けるどころではない。

それを前に引っ張り出し、うろたえる母親を叱咤《しった》激励して、子供の頭が動かないように支えさせた。鶴吉が小さな口をこじ開けて、力いっぱい顎と歯を押さえた。

鶴吉の耳元で、女の子が絶叫する。すさまじい泣き声の中、イザベラは口の中をのぞき込み、レース針を奥まで突っ込んで、見事に取り出した。

——さあ、取れたわよ——

イザベラは親指と人差し指で、太い骨をつまんでいた。

鶴吉が、ほっとして力を抜いた瞬間、まだ歯を押さえていた指先に、女の子が力いっぱいかみついた。

「いいいいててて」

思わず叫んだ。見れば鶴吉の爪の根元は、みごとに歯形にへこんでいた。

女の子は、まだ泣いていたが、ふと喉の痛みが消えていることに気づいたらしく、洟《はな》をすすりながらも不思議そうな顔になった。

——もう痛くないでしょう——

イザベラが笑顔を向けると、母親が娘に聞いた。

「痛くねえが？」

娘は涙と洟水まみれの顔を、深くうなずかせた。

母親は大喜びだ。イザベラに何度も何度も頭を下げ、娘の頭をグイグイ押して、無理やりお辞儀をさせる。

帰りがけに鶴吉は、指先をさすりながらイザベラに言った。

——また病人が押しかけないと、いいんですけどね——

イザベラは周囲を見渡して言った。

——ここは人里離れた峠だから、大丈夫でしょう——

だが夜になると、七人の男女が現れた。誰もが足をただれさせている。虫刺されをかきこわした皮膚病だった。

鶴吉は、ひとりの女が卵を三つ、抱えているのに気づいた。礼にするつもりで持ってきたらしい。

「もしかして鶏を飼ってるのか」

鶴吉が聞くと、女はうなずく。

「家に何羽いる？」

「四羽」

思わず身を乗り出した。

「一羽、譲ってくれないか。金は払うから」

「何にするんだ？　食うんでねえか。殺して食うんだべ？」

鶏の肉食は、牛や豚ほど忌み嫌われない。それでも可愛《かわい》がって飼っているらしく、食べるのなら手放さないと言い張る。

すると周囲の男たちが口々に言い出した。

「おめのどこの雌鶏《めんどり》、年くって、もう卵を産まねえのがいたべ。あれ渡せ」

「んだんだ。おらだちの足さ診てもらう代わりに、無駄飯食いのババア鶏、一羽くらい出せや。また卵から若えの育てりゃ、いいべさ」

すると女が気色ばんだ。

「ババアとは何だ？　ババアとは」

喧嘩《けんか》になりかけたのを、鶴吉が止めて、とにかく金を出して見せた。

「これで譲ってくれ」

予想以上の高額だったらしく、全員の目の色が変わった。女も文句を言わなくなった。

全員が薬を塗ってもらい、松明を掲げて夜道を帰るのに、鶴吉はついていった。上機嫌で何か喋《しゃべ》っているが、訛《なま》りがきつくて、英語よりも、はるかに難解だった。

近くに小さな集落があり、そこで一羽の雌鶏を手に入れた。男たちが荒縄で茶色い雌鶏の足をくくって、片方の端を、鶴吉の腕に結んだ。さらに新しい松明も用意してくれた。

鶴吉は雌鶏を小脇に抱えて、一目散に車峠の宿に帰った。

そして厨房の土間に放った。外に繋《つな》いで、夜、狐《きつね》などに持っていかれてはたまらない。足の荒縄も解いてやった。

さっそくイザベラを呼んできた。イザベラは土間を歩く鶏を見るなり、目を丸くして歓声を上げた。

——どこで手に入れてきたの？——

鶴吉は胸を張って答えた。

——さっきの連中の村です。飼い主が手放したがらなかったけれど、なんとか売らせました。明日の朝、炭火で焼いて食べましょう。若鶏じゃないから、煮込んだ方が美味《おい》しいかもしれないな——

肉に火を入れておいて、残りは持って歩けば、何日間かは食べられるはずだった。

イザベラは満面の笑みで両手を打つ。

——チキンなんて何日ぶりかしら——

鶴吉は喜んでもらえるのが嬉しかった。

さっそく夜のうちに、外で石を組んで炉を作り、宿で炭を分けてもらって、明朝の料理に備えた。そして雌鶏に声をかけた。

「明日、食ってやるからな。おまえは明日までの命だぞ」

雌鶏は、真っ赤な鶏冠《とさか》のついた首を前後に揺らしながら、土間をうろついている。

朝になると、まだ薄暗いうちから炭に火をつけた。雨は降っておらず、うまく火が熾《おこ》せた。包丁とまな板、それに鉄鍋を宿から借りて、煮込み用にと水を張った。

脂を滴らせながら、鶏肉が焼ける様子を思い描いて、つい腹が鳴った。イザベラが、どんなに喜んで食べるかと想像すると、心も浮き立つ。

それから宿の土間に戻って、雌鶏をつかまえ、大事に抱えて外に出た。だいぶ明るくなっており、ひねるところを人に見られると、また嫌がられそうなので、建物から離れて裏手に出た。

いよいよ首に手をかけて、ひねろうとした瞬間だった。雌鶏が黄色いくちばしで、鶴吉の手を強く突いた。続けざまに突かれて、あまりの痛さに、つい手元が緩んだ。

あっと思った時には、両手からすり抜けてしまった。雌鶏は思わぬ速さで、眼《め》の前を走り出す。鶴吉は慌てて追いかけた。

「待て、待てッ」

すぐに追いつき、中腰になって捕まえようとした。だが手は触れるものの、指先が羽の中に埋もれるばかりで、そのまま通り抜けてしまう。そのうえ足がもつれて、転びそうになった。

「くそッ、逃がすものかッ」

茶色い羽が何本も宙に舞う中、鶴吉は身を立て直して、全力で追いすがった。雌鶏は宿の裏手へと逃げていく。

間合いが狭まり、捕まえられると確信し、腕をせいいっぱい伸ばして飛びついた。

捕まえる寸前だった。雌鶏は翼を大きく広げ、細い足で地面を蹴ったのだ。そのまま

大きく羽ばたいて、宿の裏手の崖から、宙に飛び出した。

鶴吉は夢中で崖っぷちまで駆け寄り、そこで信じられないものを見た。

眼下の緑深い谷間を、茶色い大きな鳥が、悠々と滑空していく。広げた翼に風を受け、

ゆっくり下へ下へと落ちていく。

銀色に輝く川の上を横切って、最後は対岸の森の中に、音もなく吸い込まれていった。

鶴吉は呆然《ぼうぜん》とつぶやいた。

「に、げ、た」

指先に羽の感触だけが残っている。足元に目をやると、茶色い羽が無数に散らばって

いた。

「くそッ」

悔しさのあまり、力いっぱい地面を蹴った。だが爪先が痛いばかりで、なおさら腹立たしい。さっきまで浮き立っていた気持ちが、たちまちしおれていく。

肩を落として部屋に戻ると、イザベラが眉を上げ、両手をすり合わせて聞いた。

――チキン、焼けた？――

鶴吉は目を伏せて答えた。

――すみません。逃がしてしまいました――

怒声を浴びせられると覚悟したが、イザベラは目を見張り、続いて泣きそうな顔になった。それきり口をつぐんでしまった。

期待させておいて、かなえられなかった。それが申し訳なくて申し訳なくて、鶴吉は、いたたまれなかった。

四章　雨季の峠越え

車峠の快適な宿で週末を過ごして、七月の朝を迎えた。

あらかじめ頼んでおいた馬二頭が、曇り空の下、麓の駅逓から馬子に引かれてやってきた。イザベラ・バードが懐中時計を見ると、七時だった。

馬子の話では、津川《つがわ》という大きな町までは、ここから六里ほどで、津川からは新潟まで川船に乗れるという。

山道では一里につき一時間が目安だ。六里なら昼過ぎには着く。新潟までの最後の山越えだと思うと、イザベラもイトーも張り切って出発した。

だが、いきなり急な下り坂になり、手綱を握る手に、ぽつりぽつりと雨粒が当たった。見上げると、さっきまで薄鼠色《うすねずみいろ》だった曇り空が、ずっと色濃くなっていた。

背後のイトーが息を弾ませながら駆け寄ってきて、蓑と笠を差し出す。彼の鞍にくくりつけてあったのを急いで外し、馬から飛び降りてきたのだ。

イザベラも急いで蓑を肩からまとい、笠をかぶったが、すでに土砂降りになっていた。

たちまちドレスがぬれ、馬の足が滑って、よろけそうになる。

それからは上り下りの急坂ばかりだった。道幅は狭く、道の左右は雑木林が続き、見通しも利かない。行けども行けども、聞こえるのは笠に当たる雨音と、馬の鼻息と足音ばかりだ。

わずかに森が開けると、小さな田畑の中に、いかにも貧しそうな家が数軒、寄り添って現れた。日本有数の豪雪地帯のはずだが、屋根の茅は長く葺き替えていないらしく、あちこちが腐って傾いている。

馬子は一軒の軒先を借りて、馬の草鞋を履き替えさせた。その間、イトーが白湯《さゆ》を求めて、家の中に声をかけた。汲《く》み置《お》きの水では、腹をくだす恐れがある。でも茶葉があるとは思えなかった。

奥から出てきた女は、茶どころか、湯を沸かす炭がないと言った。薪《まき》しかなくて、火をおこすのに時間がかかりすぎる。

しかたなく、そのまま出発した。ざんざん降りの中で、喉が渇く。イザベラは手の甲の雨水を舐《な》めてしのいだ。

それからも森の中の急坂が、これでもかと続いた。どこかで見晴らしのいい場所でもあれば、気分が晴れるかもしれないが、この雨では望むべくもない。だいいち、いっこうに森が途切れない。

雨水が下着にまで染み込んでくる。革靴は泥水を吸って重く、膝下が冷たい。もう七月なのに、ふるえるほど寒くて、もう、どこでもいいから休憩を取りたかった。

だが次に現れた集落でも、休める家など一軒もなかった。ただ馬を飼っている家があり、そこが駅逓で、馬を交代させた。馬子は来た道を引き返していく。

イザベラの時計は十二時をまわっていた。馬の用意ができるまで、上《あ》がり框《がまち》に腰かけ、車峠の宿でもらった餅を、イトーとふたりで硬いままでかじった。

その家の若い母親が、次の馬子を務めるらしく、背負っていた赤ん坊を下ろして、まだ五、六歳の女の子に背負わせている。

イトーがイザベラに言った。

――あと何時間くらいで津川に着くか、あの母親に聞いてみます――

七時に出発して、もう昼だから、五時間は経っている。予定では、あと一時間で津川のはずだった。でも、かなり険しい山道だったし、まだかかりそうだと、イザベラは覚悟した。

しかし予想だにしていなかった言葉が返ってきた。ここは車峠から津川までの中ほどにも満たないというのだ。まだ半分も来ていないことになる。深く落胆した。

そこから先は、午前中よりも急坂続きで、土砂降りの中、延々と同じ風景が続く。でも厳しさを越えてこそ、深い達成感が待っているはずだった。

イザベラは馬に揺られながら、きわめて常識的だったイギリスでの暮らしと、ハワイでの刺激的な旅を思い出していた。

イザベラの父、エドワード・バードは、イギリスの名門ケンブリッジ大学を出た教養人で、若い頃は弁護士としてインドで働いた。しかし、ひとりめの妻を亡くして、イギリスに戻り、弁護士を辞めて牧師になった。

再婚して生まれた長女がイザベラだった。三歳の時に次女のヘンリエッタが誕生。幼い頃から仲のいい姉妹だった。

イザベラが十一歳の時に、父はバーミンガムの教会に異動になった。そこは酪農が盛んな土地で、牛の世話は一日も休めない。そのために日曜日の礼拝に来ない信者が少なくなかった。

酪農家たちは弁解した。

――乳牛は毎日欠かさずに乳を搾《しぼ》ってやらんと、乳が張って苦しがるし、搾った牛乳は、すぐに出荷するか、加工しなければ腐ってしまう。休むわけにはいかんのです――

父は言い訳を聞かず、安息日に働くのは罪だと非難し続けた。すると酪農家以外の信者たちも、しだいに礼拝に来なくなってしまった。

イザベラは父親の苦悩に気づき、なんとか手助けしたくて、学校で子供たちを礼拝に誘った。妹のヘンリエッタにも声をかけさせて、年下の子供たちも集めた。イザベラが合唱を指揮し、子供同士で聖書の朗読会を開いた。

やりがいのある活動だったが、数年で続けられなくなった。以前から、背中から腰にかけて痛むことがあったが、それが悪化したのだ。医者からは脊椎の病気だと診断された。

いつしか家から出られなくなり、部屋からも出られなくなり、ひとりがけのソファに座ったきり動けなくなった。ヘンリエッタが持ってきてくれる新聞や本を読んだり、空想を文章にしたりすることだけが慰めだった。

十八歳のときに父が聞いた。

――脊椎外科の名医がいるそうだ。難しい手術らしいのだが、受けてみるか？　若いうちなら、治る可能性はあるという――

イザベラは怖かったが、勇気を出して承知した。このままソファに座って年老いていくなら、手術が失敗して死んでもいいと思ったのだ。

手術は成功した。腰痛は残ったものの、つかまり立ちができるようになった。

その後、医者に転地療養を勧められ、スコットランド西海岸のマル島に、小さな家を借りて夏を過ごした。ヘンリエッタが一緒に来て、身のまわりの世話や、歩行訓練の手助けをしてくれた。

スコットランドは、イギリスの中でも北に位置するが、マル島は海流の影響で気候が穏やかで、人々の暮らしぶりは素朴だった。イザベラもヘンリエッタも、そんな島を愛した。

日々の様子を手紙で知らせると、父親が誉めてくれた。

――イザベラの手紙は面白い。きっと作家になれるぞ――

それからは夏ごとにマル島を訪れた。

島で恋心を抱いた相手もいたが、彼は別の女性を伴侶に選んだ。健康で明るい女性だった。

ヘンリエッタには言い寄る若者がいたが、イザベラをひとりにはできず、彼女は恋愛に背を向けた。

イザベラが身のまわりのことを自分でできるまでに回復した時には、姉妹の青春は過ぎていた。

未婚の女性にとって、仕事は住み込みの家政婦か家庭教師くらいしかない。やはり女性は家庭に入って、よき母になるのが社会の理想像だった。

結婚を諦めたイザベラは作家を目指した。父の勧めに従って、出版社に原稿を送った。しかし本にしてはもらえなかった。家族が面白がる話を、編集者や一般の読者が面白がるわけではないと思い知った。

打ちひしがれて鬱々としていると、また腰痛がひどくなり、不眠症にも悩まされるようになった。

そんな時に医者から勧められたのが船旅だった。船は自分が動かなくても移動できるし、港に着けば珍しいものが待っている。心身の療養にうってつけだという。

それに加えて、医者は興味深い話をした。

——東洋の外れに日本という小国がある。そこは長い間、国を閉ざし、オランダ以外の西洋とは交流がなかったが、このたびアメリカ海軍のペリーという提督が、条約の締結に成功して、港を開かせた。これから船旅は広がり、世界は大きく変わっていく。女性だって、どこにでも出かけていかれる時代になる——

医者の話を一緒に聞いていた父は、いきなり百ポンドを用立ててくれた。

——イザベラ、これでアメリカに行ってごらん。ただしヘンリエッタに頼らずに、ひとりで行きなさい。そうして見聞きした珍しいことや感動したことを、私たちに手紙で知らせるんだ。それを帰国してから、まとめ直して原稿にすればいい。再来年、アメリカは建国八十年を迎える。女性によるアメリカ旅行記を出す好機だ——

アメリカは女性の地位が高いし、イギリス女性の地位向上にも役立つという。

ひとり旅は不安だったが、二十二歳になっていたイザベラは、手術を受けたときの勇気を思い出して出発した。

船で大西洋を横断し、さらにカナダからアメリカ東部へと船で移動しつつ、各都市に上陸して、家族宛てに手紙を書き続けた。移動している間は、腰痛を忘れることができた。

帰国してから手紙をまとめ直して、出版社に送ったところ、父の予想通り高く評価された。

「英国女性の見たアメリカ」という題名で出版されたのは、旅行の二年後だった。まさに建国八十年で、アメリカに注目が集まり、本は売れた。両親もヘンリエッタも大喜びしてくれた。

その頃から父が病を得て、臥《ふ》せがちになったが、病床から助言してくれた。

――もういちどアメリカに行きなさい。今度はテーマを絞って見聞きしてくるのだ。宗教でも、女性の暮らしぶりでも――

イザベラは二十五歳で、二度めのアメリカ旅行に出かけ、十一ヶ月滞在した。その旅行中に、父の病状は進んでいた。それでも帰国したイザベラを励ましてくれた。

――おまえは、かならず作家として成功する。自信を持って書き続けなさい。ただし旅先で、どんな人種に出会っても、偏見は持つな。差別意識は持つな――

かつて父はインドで弁護士をしていた頃、身分の低い人々の弁護を、積極的に引き受けた。だがカースト制の壁は厚く、とうてい打ち破れなかったという。それでイザベラに、差別はいけないと繰り返し説いたのだ。

イザベラが『アメリカにおける宗教の諸相』という本を出したのは、父の死の翌年だった。

父が亡くなったために、牧師館にいられなくなった。そこで、わずかな遺産と出版による収入をはたいて、エディンバラに家を買い、母と妹と三人で暮らした。エディンバラはイギリス北部、スコットランドの首都だ。

それからは雑誌に寄稿したり、ちょっとした冊子を出版したりして、イザベラは必死に作家活動を続けた。

三十四歳の時に母が亡くなって、とうとう姉妹ふたりだけになってしまった。その頃、イザベラが元気になるのと引き換えたかのように、ヘンリエッタが健康を害し、寝込みがちになった。

この年、ふたたびカナダに出かけたものの、得るものはなく、本も出せなかった。作家としての将来は暗く、不安の中で歳月が過ぎていった。

四十歳を迎えて、イザベラは勝負に出た。エディンバラの家を手放して、まとまった金を作り、長い旅に出ることにしたのだ。

ヘンリエッタにはマル島に、小さな家を借りた。かつてイザベラの療養のために滞在した島だ。エディンバラよりも田舎で、家賃も物価も安く、暮らしやすかった。

イザベラは小切手を携えて、まずオーストラリアに出かけた。だがイギリスの植民地だけに、本国の真似ばかりで、見るべきものはなかった。ニュージーランドにも渡ったが、ここも同じだった。次に目指したのがハワイだった。

ハワイと西洋との初めての関わりは、百年近く前のジェームズ・クックの船だった。クックはイギリスでの支援者だったサンドイッチ伯爵の名前から、この島々をサンドイッチ諸島と名づけた。だが現地の人々は、自分たちの島をハワイと呼んでいた。

クックの来島から三十年ほど後に、諸島の統一王朝であるハワイ王国が誕生した。ほどなくして欧米は捕鯨船時代を迎え、鯨の皮下脂肪から採った油を、日常的な灯油として使うようになった。そのためにハワイは捕鯨船の補給港として栄えた。

近年はアメリカで石油が発見され、一転、捕鯨は陰り始めた。代わってサトウキビの大農場が開発され、新しい産業として期待が高まっている。

そのためにイギリスとアメリカの両国が、諸島の領有を目論《もくろ》んでおり、ハワイ王朝の政権は、ふたつの国の間で揺らいでいた。

イザベラがハワイに行くと話すと、ニュージーランドにいるイギリス人たちは、女性ひとりの渡海に反対した。かつてクックが現地で殺されているし、今は政権が不安定で、安全ではないという。

だが、かつてクックは、素朴なハワイ人たちに対して神を自称し、欲望の限りを尽くした。そして嘘がばれて戦いになり、命を落としたのだ。自業自得だった。

それにイザベラは、この旅で本が出せなければ、作家としての先はない。そのために反対を押し切って、ハワイに向かった。

ただしオーストラリアやニュージーランドと同様に、もしも取材すべきものがなければ、ただちにアメリカ西海岸に移るつもりだった。

ハワイ行きの蒸気船は、大海原を航海するとは思えない老朽船で、何度もエンジンが止まった。そのたびに船が漂流するかもしれないという不安と、ふたたびエンジンがかかった時の安堵を繰り返した。

乗船客の中に病人がおり、夢中で世話をした。そうしているうちに、イザベラは腰痛が消えていることに気づいた。狭い船室なのに、不眠症にも無縁だった。

初めてアメリカに渡った時のような、単純な船旅の効果は、とっくに薄れていた。だが今回は船旅自体よりも、漂流という危機を乗り越えたり、病人を案じたりすることで、自分自身の悩みを忘れたらしい。これはイザベラにとって嬉しい発見だった。

船がオアフ島のホノルルに入港すると、ポリネシア系の若い男女が、カヌーで漕ぎ寄せて、香り高い花のレイを首にかけて歓迎してくれた。

ホノルルの町自体は西洋化しており、オーストラリアやニュージーランドと変わらない。それでも歓迎のレイの印象がよかったし、イザベラは三週間ほどは滞在しようと決めた。

ホノルル在住の欧米人から、パーティの招待を受けて出かけてみたが、会話は月並みで退屈だった。ポリネシア系のハワイ人たちを下に見ているのも気になった。

イザベラは父の遺言を忘れない。

——旅先で、どんな人種に出会っても、偏見は持つな。差別意識は持つな——

欧米人の態度に反感を覚えて、あえてハワイ人の中に入っていきたくなった。

ワイピオという渓谷が素晴らしいと聞いた。そこはオアフ島ではなく、ハワイ島にあり、欧米系の入植者は、ごく少数だという。

さっそく連絡船に乗ったが、これも錆《さび》だらけの老朽船だった。ほとんど風まかせで進み、ホノルルからハワイ島のヒロまで三日もかかった。

上陸してみると、サトウキビ農園には中国から出稼ぎに来たクーリーたちがいるが、ほとんどの住民はポリネシア系のハワイ人だった。

彼らはあくせく働かず、空腹になるとパイナップルやココナッツの実を取って食べ、暑い昼間は海に飛び込み、椰子《やし》の木陰で昼寝をする。

それを西洋人は怠惰だと呆れる。でも、ゆっくりと流れる時間は、イザベラには新鮮だった。

まして彼らの社会では、服装や髪型に気を配る必要もなければ、近隣との人づきあいに悩むこともない。それまでのイザベラには無縁な世界だった。

ハワイ島にはホテルなどなく、ハワイ人の家に泊めてもらうことにした。しかし、そこに至るまでに大雨に見舞われた。

ずぶぬれになってたどり着くと、見たこともないほど汚い家だった。悪臭が満ち、箱や竹やマットや縄、衣類、バナナ、鍋など、あらゆるガラクタであふれている。家族は肌もあらわな姿だ。

夜、寝ていると蚤の襲撃を受け、窓からは山猫が入り込んで、イザベラは一睡もできなかった。

翌朝には若者と少女が、ワイピオ渓谷までの案内を引き受けてくれた。ふたりとも英語は片言だが、気にする様子もなく、手振り身振りで意思を伝えた。

彼らは馬にまたがり、イザベラはラバの背に揺られて山道を進んだ。するとワイピオ渓谷を一望にできる高台に案内された。

眼下には壮大な景色が広がっていた。そこは緑の台地と台地の間を、V字型にえぐった渓谷だった。海に向かうに従って、Vの字が広がり、Uの字になっていく。

砂浜と海の境には、波が白いフリルのように連なっていた。青く透明な海は、沖に行くほど群青色から紺色へ、さらに濃紺へと変わる。

ラバの背に揺られて、渓谷の底まで降りると、切り立った崖が両側にそびえ、谷底は荘厳な雰囲気だった。川の上流に向かって進むにつれ、左右に何本もの滝が現れる。もっとも奥まったところは、切り立った崖が三方に迫り、正面には二筋の滝が流れ落ちていた。見上げると崖の縁によって、青空がUの字型に切り取られている。そこから谷へと、まばゆいばかりの陽光が、斜めに降り注ぐ。光と影の織りなす絶景だった。

滝壺から流れ出る清流に、若者も少女も馬ごと乗り入れた。イザベラにはラバで渡りきれるとは思えなかったが、少女が「早く早く」と手招きする。置き去りにされるわけにはいかない。

思いきってラバを促し、水飛沫《みずしぶき》をかき立てて、川に分け入った。だが思いがけないほど底は深く、流れが強い。

見れば、若者と少女の馬も必死に進んでいる。二頭の馬が相次いで対岸にたどり着き、イザベラはラバと一緒に溺れるかと覚悟しつつも、かろうじて流れから抜け出せた。

三人とも対岸の地面に降り立ち、肩を抱き合って笑い転《ころ》げた。助かったという思いで、笑わずにはいられなかった。イザベラが冒険の魅力に取り憑《つ》かれたのは、この時だった。

これまでも老朽船で遭難しそうになったり、病人の状態に一喜一憂することで、自分の悩みを忘れた。そのころから薄々、感じてはいたが、自分は危機に挑んで、それを乗り越えてこそ、生き生きと暮らしていかれると、はっきり自覚した。

その後もマウナロアの活火山に近づいたり、ノースショアの大波を眺めたりと、ハワイの壮大な自然を満喫しつつ、素朴で自然体なハワイ人たちに魅了された。

スコットランドのマル島で療養して以来、イザベラは素朴さを愛している。そんな人々にハワイでも、巡り合ったのだ。

結局、三週間どころか、七ヶ月近くもハワイに滞在した。その間にイザベラは、カナダから入植した牧場主から結婚を申し込まれた。

だが結婚生活には、とうの昔に背を向けてしまっていた。今度も真剣に向き合う気にはなれなかった。

それに、もしハワイで暮らすとしたら、ヘンリエッタを呼び寄せなければならない。でも病気がちだし、イギリスの規範に従って、牧師の娘らしく、きちんと暮らしている。そんな妹を、イザベラの冒険に引き入れることはできなかった。

ハワイを離れてからは、アメリカ西海岸に渡り、ロッキー山脈を越えて、東部に至った。そこから大西洋を航海して、イギリスに帰ったのだ。

帰国後はヘンリエッタ宛ての手紙をもとに、原稿をまとめて「サンドイッチ諸島での六ヶ月」と題名をつけた。

ペンを走らせながら、イザベラは不思議な気がした。顧みると、ハワイの美しい海や山での経験と、錆だらけの船や悪臭に満ちた汚い家とが、同じように魅力を放って、記憶の中に刻まれていたのだ。

その頃、ジュール・ヴェルヌという作家の『八十日間世界一周』という小説が、ヨーロッパ中でベストセラーになった。おかげで地球の裏側への憧れが高まり、イザベラの原稿も本になって、よく売れた。

『サンドイッチ諸島での六ヶ月』の出版から三年後に、イザベラは来日を決めた。初めて医者からペリーによる日本の開国を聞いて以来、四半世紀が経っていた。

その間に日本は急速に文明化していると、イギリスで評判だった。ならば完全に文明化してしまう前に、行ってみたくなったのだ。

英語が通じない国は初めてだが、通訳を雇えると聞いて、渡航を決意した。たとえ、どんな危険が待っていようとも、ハワイでの経験を思えば、それもまた面白いはずだった。

車峠を出てから、雨の中、すでに十時間近くが経っていた。山は薄暗く、もう夕暮れが近い。イザベラは腰痛をこらえ、落馬しそうになりながらも進み続けた。

すると長い下り坂の途中で、馬子が、後ろからついてくるイトーを振り返って、何か叫んだ。すぐさまイトーが弾んだ声で伝えてくる。

――この坂を下りきれば、津川だそうです――

イザベラは振り返る気力もなく、ただ片手を上げて応じた。

気づけば雨が上がっていた。津川に着けば、後は川船で新潟まで行かれる。厳しい峠越えは、もう少しだと、自分自身を励ましながら進んだ。

しだいに下り坂の傾斜が緩やかになり、行く手が明るくなった。見れば森が途切れ、眼下に田園が広がっていた。

低い雲と彼方の山並みの間に、朱色の夕日がのぞいている。正面からの日差しが田園を照らす。そのただ中に、銀色に輝く川が蛇行し、それに沿って家々が、身を寄せるように連なっていた。

イトーが馬の足を速めて、イザベラの横に並び、手綱を握りしめて言った。

――あれが、津川の町だそうです。ようやく着きましたよ――

喜びで声が上ずっている。だがイザベラの顔を見るなり、顔色が変わった。

――ミス・バード、大丈夫ですかッ――

尋常ではないほど疲れた顔をしているらしい。イザベラは、かろうじて笑顔を見せた。

――このくらい平気よ。とうとう津川ね。もう大丈夫――

そう言いながらも、馬上で倒れ込みそうだった。

イトーは慌てて言った。

――すぐに宿に入った方がいい。先に行って宿を探しておきます。津川の駅逓で落ち合いましょう――

そして馬子にも何か指示を出し、両足で馬の腹を蹴って、山道を駆け下っていった。

その背中を見送りながら、イザベラは満足していた。最初は何を考えているのか見当がつかず、不気味なボーイだったが、今は誠実さが身に沁《し》みる。イザベラの体調を気づかい、先へ先へと気配りしてくれる。

すでに馬代や宿への支払いなども任せており、持ち金の半分を預けている。当初はイトーが代金に、自分の取り分を上乗せしている気がして、不審に感じたこともあったが、それが日本の慣習だと知った。今では一銭の狂いもなく、明細を書いて差し出してくる。

持ち金を半分、預けたのは、誰かに奪われるのに備えたからだが、その心配もないこともわかった。パークス公使が言った通り、きわめて日本は治安がよかった。

目の前に広がる津川の田園風景を見つめながら、イザベラは改めて思う。こうして厳しい峠を越えて目的地にたどり着くのも、旅の喜びではあるけれど、純朴で誠実な人物に巡り合うのは、もっと大きな喜びだと。

車峠からは阿賀川の渓谷を進んできたが、新潟県に入ってからは阿賀野川《あがのがわ》と名を変え、そこに常浪川《とこなみがわ》が合流する。その合流点が津川で、川船の港町だった。

駅逓で待っていると、イトーが息を切らせて戻ってきた。

――できれば小さくて静かな宿を借り切りたかったのですが、大きな宿の離れを押さえました――

雨で水嵩《みずかさ》が増したため、今日は船が出なかったという。そのために船待ちの人々で、ほかは、どこもいっぱいだった。

宿に入った時には、もう夜になっていた。そのために、ほかの客に気づかれずに離れまで行くことができた。

イトーは蚊帳を吊り、急いで簡易ベッドを組み立てて言った。

――明日も水が引かなければ、船は出ないでしょう。となると、ここで最低二泊しますが、どうか、この離れから出ないでください。ここに外国人の女性がいるとわかったら、また大勢が押し寄せますから――

イザベラは日本人の好奇心の強さには呆れる。でも、その好奇心こそが、日本が急速に西洋化する原動力なのだと、今では理解している。

予想通り、翌日も船は出ず、連泊になった。空は晴れ、イザベラは町を見物したかったが、イトーが繰り返した。

――ここに西洋人がいると知られたら、この離れは取り囲まれます。今日一日、ゆっくりしたかったら、どこにも行かないでください。それより静養して、腰を治してください――

イザベラは不承不承ながらもうなずいた。

その夕方、イトーは大きなサーモンを持ち帰ってきた。町の魚店で買ったのだという。それを炭火で焼いたところ、脂がのっていて、きわめて美味だった。

しかしイトーは小馬鹿にする。

——川魚なんて——

——そうかしら。美味しいじゃない——

——私は海辺で育ったので、魚にはうるさいんです——

——海辺って、東京や横浜から遠いところ？——

——横浜から歩いて一日で着く距離です。昔、ペリー提督の黒船艦隊が初めて上陸した久里浜も、すぐ近くです——

以前、イザベラが家のことを聞いた時には、イトーは黙り込んだが、今度は自分から話し始めた。

——そんな場所だったので、幕府が危機を感じて洋式海軍を設けた際に、私の父は乗員として召し抱えられました——

そして思いきったように聞く。

——これから新潟経由で函館に行ったら、半日でも数時間でもいいので、私に暇をいただけませんか——

——かまわないけれど、なぜ？——

——父は旧幕府艦隊の一員として、函館で新政府軍と戦いました。以来、消息がわからないので、現地で調べたいのです——

イザベラはイトーが負っているものの一端を、垣間見た思いがした。

——わかったわ。函館ではイギリス領事館に泊めてもらうから、その間は英語が通じるし、自由にしていいわよ。お父さまのことを、ちゃんと調べておいでなさい——

翌七月三日の朝、イトーは暗いうちから船着場に走って、その日の出港を確認し、ふたり分の席と荷物の置き場を予約してきた。

それから慌ただしく荷造りをして、船着場に急いだ。三日ぶりの船出だけに、すでに予約で満席だった。

イザベラが乗り込もうとすると、先に乗船していた客たちが、いっせいに話をやめ、目を丸くして、こちらを凝視する。

イザベラは日本語で挨拶しながら、船底の座布団に座った。

「オハヨウゴザイマス」

誰もが戸惑い気味ながらも、挨拶を返してくる。

船頭が乗り込み、長い棹で船着場を押して離岸した。すると船上の雰囲気が変わり、また客同士の話が始まった。

昨日までの雨のせいで、水は土色に濁っているが、広い川幅いっぱいに、とうとうと流れている。両岸に続く森は、穏やかな風を受けて、緑の枝葉が波打つ。

イザベラが雄大な景色に見とれていたところ、ふいに肩を軽くたたかれた。振り向くと、隣に座っていた高齢の女性客だった。菓子折りを開いて差し出し、手振りで、ひとつつまめと示す。

イザベラは思わず笑顔になって、ひとつもらった。すると、こちらを注視していた客たちが、手を打って喜んだ。

それからは、あちこちから菓子や煎餅をもらい、イザベラはイトーから習って「ドーモ、アリガト」と「オイシイ」を繰り返した。

その後も客たちから話しかけられ、訳してもらおうとイトーを振り向くと、もう居眠りをしていた。今朝、早かったから、船の揺れが眠気を誘ったらしい。

イザベラは起こすのをやめて、困り顔で肩をすくめて見せると、また客たちは笑った。

五章　ひそやかな開港場

伊東鶴吉が目を覚ました時には、午後の日差しの中、両岸は森ではなく、広々とした草地が開けていた。いっそう川幅は広がって、船は大河を悠々と下っている。

いつのまにか阿賀野川から信濃川《しなのがわ》に入っていた。行き来する船の数も多い。行く手の草地が途切れ、突然、石垣の護岸が見えた。そこから先には、何本もの木製の栈橋が川面《かわも》に伸びて、小船がもやわれている。岸辺には白漆喰《しろしっくい》の倉が建ち並んでいた。

「着いたよー。新潟だよー」

船頭が大声で告げて、空いていた栈橋に横着けした。

鶴吉は真っ先に立ち上がり、急いで上陸した。船着場近くで、三台の人力車が客待ちをしているのが見えたのだ。

上陸するなり走っていって、三台とも借り切った。それから車夫たちに手伝わせて、荷物を船から人力車に運んだ。すっかり載せ終えても、イザベラは乗客たちと、握手などして別れを惜しんでいる。

待っている間、鶴吉は信濃川の下流に目を向けた。そこには川砂の浜が続き、途切れたところが海だった。

河口近くの水面には、弁財船《べざいせん》と呼ぶ大型の帆掛船が、何艘《なんそう》も投錨していた。どの船も帆を下ろしており、帆柱だけが林立する。その間をぬうようにして、大小の船が行き来していた。

日本の船は一本帆柱だが、見慣れぬ三本帆柱の大型船もあり、どうやら清国から来た船らしかった。新潟は、幕府崩壊直後に貿易港として開港したはずだが、西洋の帆船や蒸気船は一隻もなかった。

イザベラは東京のパークス公使から、イギリス人宣教師のファイソン夫妻宛てに、紹介状を預かってきている。人力車に乗り込んで、その牧師館に向かった。

町には堀がめぐらされ、倉つきの立派な町家が並んでいた。ところどころに電柱やランプの街灯が立ち、ときおり洋風の建物も現れる。車夫が郵便などの役所だと誇らしげに話す。

教会と牧師館は洋館ではなく、大きな武家屋敷に十字架を掲げていた。

門の中に人力車が入ると、気配に気づいて、西洋人の女性が飛び出してきた。

――ミス・バードね。パークス公使から手紙をいただいているわ。待っていたのよ――

ファイソン夫人だった。日本語が上手で、車夫たちにも声をかける。

初対面にもかかわらず、久しぶりに母国語が通じる女性同士で、すぐに打ち解けた。新潟には十八人しか西洋人がおらず、特に女性はファイソン夫人ひとりだという。奥からファイソン宣教師と、ルースという三歳の娘が現れて、いっそう賑やかになった。

イザベラも鶴吉も、それぞれ客用の寝室を与えられた。イザベラが心底、安堵した様子で、ファイソン夫人に言う。

――きちんとドアがあって、鍵もかかる部屋で眠れるなんて、本当に嬉しいわ――

イザベラは今までの旅が、どれほどひどかったかを延々と語った。

――最初のうちは、本当に怖かったわ。知らない人が部屋に入ってくるので、とても不安だったの。旅が進んで、日本の治安のよさがわかるまで、ずっと心配で――

会津盆地からの山越えで、どの村も、とんでもなく不潔だったと、愚痴も止まらない。西洋人は裸を嫌う。男たちが褌《ふんどし》ひとつの姿だったのを、ことさらイザベラは眉をひそめて言い立てる。

どれも当初から警告していたことだ。そんなに文句を言うなら、もともと、こんな旅などしなければいいのにと、鶴吉は腹が立つ。しかし英語で盛り上がる早口の会話に水を差すのも、ためらわれた。

聞いているのも嫌になって、鶴吉は荷解きに専念し、それが片づいてから、イザベラに告げた。

——函館行きの蒸気船が、いつ出るか、確かめてきます。帰りがけにイギリス領事館にも寄って、到着を報告してきます——

ファイソン夫人が場所を教えてくれた。領事館は寺町の一角だという。

外に出てみると、思いがけないほどの解放感で、気分が一転した。東京のイギリス公使館を出て以来、ほとんどイザベラに付ききりだったため、久しぶりに、ひとりになって足取りが軽い。

寺町に向かう途中で、頻繁に人が出入りする立派な門があった。ちょっとした堀に囲まれており、かつての奉行所が、そのまま県庁として使われていた。

浦賀奉行所に、よく似た門構えだった。どちらも幕府の遠国《おんごく》奉行で、似ていて当然ではあった。

ただ新潟は平地だが、浦賀奉行所は三方を急斜面に囲まれた谷に位置しており、明るさが違う。

それに、ここは県庁として活気があるが、浦賀奉行所は明治維新とともに、海の関所としての役割を終えた。

最後に鶴吉が浦賀に行ってみた時には、奉行所自体も、門前の与力町《よりきまち》も同心《どうしん》たちの屋敷跡も、人影が消えていた。

伊東家が二年間だけ暮らした家には、もう知らない家族が住んでいた。

父が軍艦の士官に抜擢されて、家族揃って菊名から浦賀に引っ越したのは、慶応二年、鶴吉が九歳のときだった。

浦賀奉行所では、奉行だけが御目見《おめみえ》以上の旗本で、江戸から二、三年交代で赴任してくる。その下に、御目見以下の与力や同心がおり、彼らは代々、奉行所前の拝領屋敷で暮らしていた。

鶴吉の父のように、御用船の乗り手から士官に抜擢されるのは稀《まれ》だった。そのため拝領屋敷に空き家はなく、伊東家は近くの町家に住んだ。

鶴吉は学問の塾と、剣術と馬術の稽古に通った。ほかの少年たちは、たがいに幼馴染で、鶴吉は生来の引っ込み思案に拍車がかかり、なかなか馴染めなかった。

特に剣術は、誰もが早くから始めており、まったく稽古についていかれない。だが父が鷹揚に言った。

「もう拳銃の時代だ。剣術は形だけでいい。その代わりに、いずれ江戸の英学塾に入れてやるから、まずは学問に身を入れろ」

学問とは漢文の読み書きであり、素読《そどく》といって、論語の読み下しから始まった。武士なら身につけるべき教養だ。

これも三浦海岸では学びようのない分野で、鶴吉には初めてだったが、難しい漢字を必死に覚えた。漁村から来たことで、軽んじられてなるものかという一心だった。

馬術は、乗馬の得意な与力が、少年たちを集めて教えてくれた。平地が少ない浦賀に馬場はなく、もっぱら三浦海岸が稽古場だった。

浦賀の少年たちの馬の稽古は、鶴吉にとって幼い頃からの憧れだった。砂浜を疾走する姿が、いかにも格好がよかったのだ。

でも習う立場になってみると緊張した。特に菊名の平三郎たちに、下手な姿を見せたくなかった。

三浦海岸の北端から、師を先頭に少年たちが馬を駆けさせると、鶴吉は懸命についていった。振り落とされそうで、怖くてたまらなかったが、手綱を握りしめて耐えた。

すると覚悟が決まった。鐙《あぶみ》に足を踏ん張り、見様見真似で腰を高々と上げて、疾走の格好ができたのだ。

南端の菊名近くに至って、一同が止まった時には、最後尾ながらも、さほど遅れを取らずに合流できた。

「伊東は、なかなか筋がいいな。初めてで、そこまでできるとは」

師に誉められて、鶴吉は嬉しかった。苗字で呼ばれるのも鼻が高かった。

見れば菊名の集落から、平三郎たちが出てきて見つめている。内心、有頂天だった。

帰宅して家族に大いばりで話した。

「馬術で筋がいいって誉められたんだ。平三郎たちが見てる前で」

すると父は笑顔ながらも釘《くぎ》を刺した。

「上手く乗れてよかったな。でも前の友達を軽んじるなよ。おまえが偉くなったわけじゃないんだから」

鶴吉はうなずきつつも、もう彼らとは立場が違うという思いが芽生えていた。

その後、学問も、よくできると誉められるようになった。すると奉行所の少年たちの見る目が変わった。

いつしか家に遊びに招かれるようになり、彼らの姉や妹たちがまぶしかった。そんな武家の姫君を、いつか妻に迎えられるだろうかと、鶴吉は幼心にも夢を見た。


翌年、鶴吉が十歳になった慶応三年の秋から、幕府は大きく揺らぎ始めた。

九月の初めに幕府の主要艦五隻が、いっせいに大坂湾に移動した。鶴吉の父も、ハンリョウ丸に乗って出航していった。

西洋の暦で翌年早々に、神戸が開港する旨が、条約によって定められていた。だが神戸は京都に近いだけに、特に攘夷の声が高く、開港に猛反対する者が多かった。そこで開港の警備のために、幕府艦隊が大坂湾までおもむいたのだ。

だが秋も深まる頃、かつての生麦事件を超える大事件が、浦賀に知らされた。京都にいた十五代将軍の徳川慶喜《よしのぶ》が、朝廷に政権を返上したという。

鶴吉には幕府が政権を手放すという意味が呑み込めない。幕府の代わりに、薩摩や長州の侍たちが、京都で新政府を打ち立てたと知らされ、町中が大騒ぎになった。

かつて生麦事件の蛮行を起こした薩摩藩が、幕府に取って代わるなど、ありえない話だった。一時的なことか、あるいは名目上のことにすぎないと、浦賀の誰もが疑わなかった。

落ち着かないまま慶応四年を迎え、鶴吉は十一歳になった。だが、いっそう受け入れがたいことが聞こえてきた。

正月早々、京都郊外の鳥羽伏見で、幕府方の軍勢と薩長軍とがぶつかり、幕府軍が負けたというのだ。薩長軍は勢いづいて、官軍を名乗ったという。

それからまもなく将軍が、幕府艦隊の旗艦に乗って江戸に帰ってきた。夜のうちに浦賀沖を通過したため、気づいた者はいなかった。将軍は江戸で籠城するという噂だった。

その後は大坂湾に残っていた幕府艦が、定員を超える軍勢を乗せて、次々と戻ってきた。どの軍艦も浦賀には寄港せず、母港である品川沖に直行した。

陸戦で負けたといっても、幕府艦隊は無傷だった。今や清国を凌《しの》ぐ東洋一の艦隊であり、諸藩の軍艦が束になっても敵《かな》わない。軍艦の隻数も規模も圧倒的で、力の差は歴然としている。新政府軍の軍艦が追いかけてくる気配はなかった。

その後、浦賀出身の士官や水夫たちが、ぽつりぽつりと品川沖から帰ってくるようになった。

鶴吉の父も和船で戻ったが、憤りをあらわにした。

「あの将軍では駄目だ。家臣を大坂城に置き去りにし、側近だけを連れて逃げたのだ。挙句の果てに江戸も開城するからと、早々に上野の寺に入ってしまった」

徳川慶喜は官軍への恭順を宣言し、将軍菩提寺である上野の寛永寺《かんえいじ》で、自主的に謹慎しているという。

将軍を罵倒するなど、少し前までありえなかったが、慶喜は一年ほど前に将軍の座に着いたばかりだ。血筋も今までの将軍から遠い。軽んじられやすい立場だった。

それでも幕府艦隊が江戸湾を制している限り、たとえ敵が陸路で侵攻してきたとしても、負けるはずはない。武器弾薬や食料などの補給ができないからだ。馬で運べる量は知れており、船による大量輸送ができなければ、敵は長滞陣ができない。

絶対に負けなしの状況なのに、将軍に戦う意思がなくては、話にならなかった。

父は数日、浦賀に滞在しただけで、また品川沖のハンリョウ丸に戻っていった。

四月になると、新政府軍が易々《やすやす》と進軍してきて、あっさりと江戸は開城した。浦賀奉行所も役宅も、すべて新政府に接収された。

鶴吉は母と妹たちとともに、菊名の家に戻った。軍艦も全艦、新政府に引き渡されると噂された。

この先、どうなるのかと不安でたまらなかったが、夏になると、ふたたび父が家族の前に現れた。

「艦隊こぞって蝦夷地に向かうことになった」

函館を中心にして、旧幕臣による新しい国をつくるという。

「蝦夷地はロシアやフランスなどから狙われている。その楯《たて》にもなる大事な役目だ」

思ってもいなかった話に、鶴吉は驚くばかりだった。母が不安顔で聞く。

「でも蝦夷地は寒くて、お米ができないのでしょう？　暮らしていかれるのですか」

「いや、米ができなくても、蝦夷地の山には大量の石炭がある。蒸気機関には欠かせない燃料だ」

すでに幕府がアメリカから鉱山の専門家を招いて調査しており、膨大な埋蔵量が確認されているという。

「それを外国に売れば貿易で生きていかれる。運ぶ船はあるんだ。上海や香港《ホンコン》にいる西洋の蒸気船相手に、こちらから石炭を売りに行く」

父は家族を見まわした。

「落ち着いたら蝦夷地に呼ぶ。それまで待っていろ。函館は横浜と同じ開港場だし、家は西洋式に建ててあるそうだ。だから寒くはない」

それから鶴吉に言った。

「おまえを江戸の英学塾に入れる約束だったが、今は、そうしてやる余裕がない。とりあえずは横浜のアメリカ人の家に預けるから、まずは住み込みで英語を身に着けろ。その方が習得が早い」

函館は開港場になったのが横浜よりも早く、すでに十数年が経っている。外国人も大勢、暮らしており、英語塾もフランス語塾もあるから、移住後に改めて学ばせると約束してくれた。

そして鶴吉に四つのことを約束させた。

「おまえは侍の子だ。卑怯な真似はするな。それを肝に銘じて、誠実に生きろ。与えられた役目は、誠心誠意つくして果たせ」

父は指を一本ずつ立てて言う。

「ふたつめは、知らない英語を耳にしたら、その日のうちに反復して覚えろ。いいな」

鶴吉は深くうなずいた。

「三つめはキリシタンに染まるな。奉公に入るのは宣教師の家だが、おまえは武士としての心を忘れるな。それから四つめは」

長次は、ひとつ息をついてから続けた。

「万が一、父が帰ってこなかったら、母と美津たちを頼む」

鶴吉は驚いて聞き返した。

「帰ってこないって？」

「これから先、戦争にならないとは限らない」

「薩長と戦うの？」

「いや、あいつらが戦いを挑んでくるはずはない。鳥羽伏見での陸戦はどうあれ、海戦になれば、向こうに勝ち目はない。それに内乱は外国の侵略を招く。天竺《てんじく》が、いい例だ」

天竺と呼ばれるインドは、ムガル帝国とマハラジャという王たちとの内乱が長引き、そこをイギリスやフランスにつけ込まれた。その結果、英仏の代理戦争になり、最終的には、ほぼ全土がイギリスの植民地になったという。

「内乱の芽があることさえ、西洋には悟られてはならない。それだけでも、つけ入られる。もし侵略されそうになったら、撥《は》ね除けるしかない」

「じゃあ、戦うって、外国と？」

「そうだ。もし函館でロシアや、ほかの外国と戦争になったら、父は正々堂々と戦う」

それで命を落とすかもしれないという。

「おまえは、この家で、たったひとりの男だ。だから父は、おまえに母や美津たちを頼むのだ。わかったか」

妹たちは、いちばん上の美津でさえ、まだ五歳だった。真ん中の八重はよちよち歩きで、末の須磨に至っては乳飲児《ちのみご》だ。

「少しは蓄えもあるし、すぐに暮らしに困ることはない。でも、もし父が帰って来なかったら、いずれは、おまえが家を背負って立て」

そこまで言われては拒めない。不安で泣きそうになるのをこらえて、深くうなずいた。

「わかりました」

その後、幕府艦隊は、房総半島の突端に近い館山《たてやま》に集結した。江戸湾を挟んで、三浦半島の対岸だ。

凪《なぎ》の日を選んで、旧浦賀奉行所の大人たちが船を出してくれた。鶴吉は仲間の少年たちと一緒に、江戸湾口を横切って、館山まで見送りに行った。

そこには開陽丸《かいようまる》を中心に八隻が勢揃いしていた。開陽丸は幕府艦隊の旗艦で、世界最大級と言われるオランダ製の新造艦だった。

少年たちは艦隊の威容に胸を躍らせた。これなら、どんな海戦があっても、決して負けないと喜び合った。

鶴吉の父が乗るハンリョウ丸は、やや小型ながらも、美しさが際立っていた。

父親たちはこちらに気づいて、船縁《ふなべり》から次々と笑顔を見せてくれたが、言葉は交わせなかった。それでも少年たちは満足だった。

それからまもなく艦隊は江戸湾を出て、北に向かった。

鶴吉は菊名の家から宣教師の住まいに移り、英語漬けの毎日が始まった。

以来「ボーイ」と呼ばれ、それが日本の「小僧」と同じ意味だと知った。商家などの下働きの少年だ。使い走りはもとより、靴磨きや薪割り、草むしりなど、あらゆる雑用を命じられた。

外国人の家に奉公に入るのは、鶴吉と同じような境遇の少年だった。一緒に館山まで艦隊の見送りに行った仲間もいたし、ほかにも幕府海軍や外国奉行の下役の子が多かった。もともと父親に攘夷思想が薄く、外国語の必要性を心得ていたからだ。

その後、幕府艦隊がどうなったのか、鶴吉にはわからなかった。それをたずねられるような難しい英語は知らず、雇い主の宣教師にも聞けない。

その年の秋に改元があり、慶応四年が明治元年に変わった。

翌明治二年の夏になって、ようやく艦隊の動向がわかった。その五月に函館で戦争があり、海陸ともに旧幕府軍が新政府軍に負けたという。

鶴吉には信じられなかった。父の望まなかった内乱が起きてしまい、まして薩長風情に幕府艦隊が負けたとは。外国の侵入は避けられたらしいが、それ以上の詳しいことは、何もわからなかった。

その後、旧幕府側で降伏した人々が、保釈されたとも聞いた。しかし父は帰ってこなかった。風の噂によると、浦賀奉行所から行った一行は、ほぼ全滅し、ハンリョウ丸は函館の港に沈んだという。

明治三年のクリスマス明けに、鶴吉は初めて休暇をもらい、菊名の実家に帰った。その途中で浦賀に立ち寄って、奉行所も屋敷跡も閑散としているのを見たのだ。

すでに徳川家は静岡に移封になっており、奉行所に残っていた役人や家族たちは、そちらに同行するか、ほかに移るかして、散り散りになっていた。

菊名の実家に帰っても、確かなことは何も伝わってこなかった。全滅したというのだから、父も戦死した可能性は低くはない。

わずかな蓄えは底をつき始めており、まだ十二歳の鶴吉には、母や幼い妹たちを養っていく自信がない。母たちも父の死を受け入れられず、生存に期待をかけた。

父から聞いた石炭貿易の話が、特に鶴吉の心に残っていた。もしかしたら父は軍艦に石炭を積んで、香港や上海に逃れたのではないか。そんな淡い望みにすがった。

だが一年が経ち、二年が過ぎるうちに、期待は薄れていった。生きていれば連絡がないはずがない。父は宣言した通り、正々堂々と戦って死んだのかもしれなかった。

ただ、もしそうだとしても、新政府にとっては逆賊扱いだった。しかばねが打ち捨てられ、成仏できていないのではないか。できることなら武士として立派に供養したい。

でもボーイ風情に、墓を建てる金などあろうはずもない。いつしか蓄えも尽きてしまい、給金全額を家に送金して、必死に家族の暮らしを支えた。せめて函館で、父の消息を確認したい。それが鶴吉の悲願になった。

その目的もあって、一年前にタリーズの旅に飛びついたのだ。だが函館に上陸してから帰路につくまで、タリーズはいっさい自由時間をくれなかった。

殴られても蹴られても我慢した。雇われたからには主人であり、「与えられた役目は、誠心誠意つくして果たせ」という父の教えに従ったのだ。

それでも、せっかく函館まで行ったのに、何も調べられなかったのは、深い恨みとして残った。ハンリョウ丸が、どこに沈んだのかさえ、確かめられなかった。

だから今度こそ父の消息を知りたい。そう切望して、鶴吉は函館に行ったら暇をくれと、思いきってイザベラに頼んだのだった。

鶴吉は奉行所だった新潟県庁の門前を通り過ぎ、函館行きの蒸気船の出発所に向かった。

そこは昔ながらの船宿で、主人が気の毒そうに言う。

「函館行きは、昨日、出たばかりですよ」

鶴吉は慌てて聞いた。

「次の便は、いつになる？」

「いつになりますかねえ。一隻が行き来しているだけですから、いったん船出すると、なかなか戻ってきませんよ。早くても、ひと月くらいは待ちますね」

鶴吉は藁《わら》にもすがる思いで聞いた。

「函館までの直行でなくても、酒田辺りまで乗っていかれる船はないのか」

酒田から秋田へ、秋田から津軽の沿岸へと、短い航路を、和船で乗り継げないかと考えたのだ。

しかし船宿の主人が首を横に振る。

「人を乗せるのは、蒸気船か川船だけなんですよ。海に出る帆掛船は荷でいっぱいだし、そもそも人を乗せるようには、できていないんです」

「そこを何とかならないか。西洋人の女の人なんだ。金は持っているし、ここから函館まで、とても女の足じゃ行かれない」

「女の人じゃ、余計に乗せませんね。船乗りはゲンを担ぐんでね。船に女は禁物だし、まして異人さんじゃ無理ですよ」

青森まで行けば、函館行きの蒸気船が出ている。だが新潟から青森までの陸路は、東京から新潟までよりも、なお遠い。

鶴吉は船宿を出て、寺町に向かった。町の西端に花街があり、その向かいに寺院が並んでいる。イギリス領事館が置かれた勝楽寺《しょうらくじ》は、その中のひとつだった。

エンスリーという副領事が駐在しており、鶴吉を歓迎してくれた。

――新潟には、わが国の貿易船は、まず来ないし、いつもは領事館は閉めているんだが――

ただ、ここのところ清国で凶作が続いており、清国への米の輸出のために、久しぶりにエンスリーが新潟に赴任してきたという。

すでに数年前に上海と長崎間の電信が、海底ケーブルで開通している。遅れていた長崎から東京までの陸上の電線も結ばれた。そのため隣国の凶作は、いち早く東京まで伝えられた。

そこでパークス公使が、清国への日本米輸出を決断し、米の集積港である新潟に、香港から輸送船を呼び寄せたという。それが信濃川河口付近に停泊していた清国の船だった。

――その手配だけが私の仕事で、退屈きわまりないんだ。ミス・バードの来訪は歓迎するよ。困ったことがあったら、何でも言ってくれ――

鶴吉は函館行きの蒸気船が出航したばかりで、途方に暮れていると話すと、エンスリーは肩をすくめた。

――それは、どうにもできないな。もし船が函館で修理にでも入ったら、もっと長く戻ってこないこともある。まあ、この町で、ゆっくりしていけばいいさ。佐渡《さど》にも渡ってみれば、なかなか面白いし。金山見物ができるように、私が取り計らおう――

イザベラのことだから、青森まで歩いていくと言い出しそうな気がした。それでも牧師館での滞在は快適そうだから、ひと月くらいは過ごしてもらいたかった。

牧師館に戻って、ありのままを報告した。

イザベラは少し考え込んでいたが、夜になってから鶴吉の前にブラントンの地図を広げて、一点を指さした。

――これからの予定を決めたわ。この山並みを越えて米沢《よねざわ》の盆地に出て、そこから青森まで北上しましょう――

鶴吉は慌てた。

――ちょっと待ってください。また山に入るんですか。あれほど、ひどい目に遭ったのに――

――でも、もう雨季は過ぎたのでしょう。日本の夏は蒸し暑いと聞いていたけれど、この辺りは案外、涼しいし、晴れてさえいれば、きっと快適な旅になるわ――

――それは、あまりに楽観的すぎます。きっと、ひどい宿が待っています。それに、ひと月なんてすぐです。まだ新潟だって一部しか見ていないし、エンスリー副領事が勧める通り、佐渡にも行ってみませんか――

イザベラは首を横に振った。

――新潟には、あと二、三日もいれば充分よ。それよりも田舎に行きたいの。前よりも、ひどい宿でもかまわないから――

鶴吉は声が荒くなった。

――ファイソン夫人に、あれほど愚痴を言っていたのに、なぜなんですか――

今まで呑み込んできた言葉が、ほとばしり出る。

――田舎の貧乏で無知な日本人を、イギリスで嘲笑《あざわら》いたいんですか。そんなに優越感に浸りたいんですか――

イザベラは眉をひそめた。

――なぜ、そんなふうに考えるの？　優越感とか嘲笑うとか――

――じゃあ、何のために、そんな旅をしようっていうんですか――

――本を書くためだって、何度も説明したでしょう――

――ミス・イザベラ・バード、あなたは日本の弱みをイギリスに報告して、国を乗っ取るきっかけでも作るつもりですか――

イザベラは笑い出した。

――何を言うかと思えば、わが大英帝国が、日本を乗っ取るですって？　それも、こんな腰痛持ちの女の報告で？――

――でもイギリスはインドの内乱に乗じて、全土を植民地にしたし、清国では大量の阿片を持ち込み、挙句に戦争を仕掛けて香港を手に入れた。あなたは日本にも内乱の芽や弱みがないか、探しに来たんじゃないですか――

鶴吉が一気に言い放つと、イザベラは気色ばんだ。

――とんでもない誤解よ。前にも言ったと思うけれど、イギリスが日本を乗っ取るつもりなら、明治維新の時に成し遂げていたでしょう。そうしなかったのは、日本人が賢かったからよ――

――田舎には無知な人たちもいます――

――それは事実だけれど、彼らを焚きつけても内乱の芽になんかならないわ。皆、従順で無垢《むく》な人たちだし、どんなに貧しくても不満は抱いていない。だいいち最近の内乱は九州や西国でしょう。奥州の内乱は、明治維新の前に終わったはずよ――

イザベラは近年の西南《せいなん》の役《えき》はもとより、明治維新の際の戦争まで、すでに知識を持っていた。

――イトー、あなたが、そんなふうに疑ってたなんて心外だわ。まだ疑うなら、今までに私が書いた原稿を読んであげるわ。そんな意図がないってことが、はっきりするでしょう――

鶴吉も言い返した。

――けっこうです。あなたの原稿なんて、文句だらけなのでしょう。そんなのを聞いたら、腹が立つだけです――

――私は真実を書くだけよ――

イザベラは言葉に力を込めた。

――とにかく私は政治や外交には興味がないの。興味があるのは人間だけ。それも田舎の純朴な人たち。おぞましいほど不潔なこともあるけれど、イギリス人が忘れてしまった心を、彼らは保っていたりする。それをイギリス人に知らせたいの――

――それなら、もう嫌になるほど見てきたじゃないですか。もう充分でしょう――

――イトー、よく聞きなさい。会津盆地からのつらい山越えがあったからこそ、新潟にたどり着けた喜びがあるのよ。それを私は、もっと求めるだけ。ここで何週間も無駄に過ごすなんて、そんな何もない時間こそ、病気だった子供の頃だけで充分よ――

鶴吉は、山登りがレジャーだという話を思い出して、さらに言い返した。

――そんな道楽に、なぜ私が付き合わなければならないのですか――

イザベラも負けじとばかりに居丈高に答えた。

――なぜなのか、教えてあげるわ。それはね、私が、あなたを雇ったからよ――

胸元に指先を突きつけられて、鶴吉は言い返せなくなった。それでいて納得もできない。

もういちどブラントンの地図に目をやった。もし会津盆地から直接、北に向かったとしたら、ひと山越えれば、すぐに米沢だった。

それを、わざわざ新潟経由で米沢に向かうというのだから、とんでもない遠まわりになる。ただただ溜息が出た。

翌朝、イザベラが小切手を差し出した。

——為替で家に送りなさい。新潟には銀行があるから換金できるでしょう——

最初の一ヶ月分は、特別に前払いで受け取ったが、二ヶ月目は後払いのはずだった。でも今度も前払いにしてくれるというのだ。

——家族のために、お金が要るのでしょう——

たしかに今月も母に送金できれば、ありがたい。それに新潟には、数年前に創業した第四《だいし》銀行がある。ここを逃したら、この先、どこから送れるかわからない。

しかし昨日の言い合いが気になって、素直に手が出ない。するとイザベラは鶴吉の手を取って、小切手を握らせた。

——お金で、あなたを拘束するつもりではないけれど、今の私には、こんなことしかできないから——

鶴吉には突き返せない。どうせイザベラの言いなりになって、これからも山越えをしなければならないのだ。

さらにイザベラは言った。

――荷物を減らしましょう。ゴムのたらいや、あまり使わないものは、次の蒸気船で函館まで送ればいいわ――

障子や襖に囲まれた部屋では、いつ人に踏み込まれるか気が気ではなくて、パークス公使夫人に借りたゴムたらいは、今まで、ほとんど使えていない。そんなものがなくなれば、ずいぶん楽にはなる。

――新潟から米沢の盆地まで出たら、その後は青森まで、ずっと大きな街道を行きましょう――

北海道での行程は、どうなるかはわからないが、奥州での裏道は、次の山越えを最後にしてもいいという。

鶴吉は、イザベラはイザベラなりに譲歩しているのだと感じた。そのため黙って頭を下げ、小切手を手荒くポケットに押し入れるなり、急ぎ足で第四銀行に向かった。

だが母宛てに送金した後にも、難題は続いた。当面の不用品を函館に送ろうとしたが、外国人の荷物輸送には、煩雑な手続きが必要だったのだ。

鶴吉は助けを求めて、イギリス領事館に駆け込み、エンスリー副領事に事情を話した。

だがエンスリーは、お手上げと言わんばかりに、両方の手のひらを上に向けた。

――それは、どうにもならないね。そういう決まりなんだ――

鶴吉は信濃川河口近くの税関に走った。税関役所は砂地の高台にあり、そこまでたどり着くだけでも、砂に足を取られて、ひと苦労だった。

肩で息をつきながら、役所で詳しく話を聞いた。すると貿易品の国内輸送を、外国人に侵されないために、厳しい規制が設けられているのだという。

鶴吉は役人に食らいつくようにして聞いた。

「日本人なら送れるのですか」

役人は当然という顔で答えた。

「もちろんだ。ただし送る側も受け取る側も、どちらも日本人でなければならない」

たとえ送り手が鶴吉であっても、函館のイギリス領事館宛てでは受け取れないという。

鶴吉は、なおも食い下がった。

「自分自身が受取人では駄目ですか」

せっかくイザベラが荷物を減らそうと言い出したのだから、これを無にするわけにはいかない。だが役人は冷ややかに言う。

「それはできない」

鶴吉はファイソンの牧師館に駆け戻り、また激しい息で肩を上下させながら、イザベラに説明した。

――私の名前で送りましょう。受取人は、前に泊めてもらった函館の宿の主人にします――

去年、タリーズと一緒に泊まった旅館の主人が、たしか勝田弥吉《かつたやきち》といった。片言ながらも英語が通じて、西洋人馴《な》れしていた。いずれは函館の船着場の近くに、西洋式のホテルを建てたいとも話していた。

彼なら手紙を添えて事情を知らせれば、荷物を受け取ってもらえそうな気がした。とにかく今は、それしか方法がない。イザベラも納得し、それで送ることにした。

そんなこともあって、新潟滞在は一週間に及んだ。鶴吉は念のために聞いた。

――あと三週間で、蒸気船は戻ってきますが、それまで待ちませんか――

イザベラは、きっぱりと首を横に振った。

――いいえ、陸路を行きます――

六章　東洋のアルカディア

イザベラ・バードはイトーとともに、新潟の船着場から川船に乗り込んだ。

新潟の平野には信濃川のほかにも、何本もの河川が並行して日本海へと注いでいる。信濃川の隣が、イザベラたちが津川から船で下った阿賀野川だ。

この両大河を河口近くで結ぶのが、新川《しんかわ》という運河だった。こちらは海岸線と、ほぼ並行して通っている。

川船は信濃川から新川に入って進み、隣の阿賀野川に出た。これを横切り、今度は、また海岸線と並行する新発田川《しばたがわ》に入った。

新発田川沿いで船は終点に至り、イザベラたちは昼過ぎに上陸した。午後は、荷物用も含めて三台の人力車に分乗して、のどかな田舎道を北に向かった。人力車の前をアゲハ蝶《ちょう》が舞う。

黒川《くろかわ》という町に着いた時には、もう暗くなっていた。またしても祭りの夜に当たり、笛や太鼓の音が響いて、人出も多い。ちょうど田植えが終わる季節で、行く先々で慰労のための祭りにぶつかるのだ。

イザベラは日本の祭りは好きにはなれない。笛や太鼓がやかましく、酔っ払いが騒ぐのにも、うんざりだった。

そのために黒川を避け、人里離れた一軒家で宿を頼んだ。しかし宿の主人から、外国人を泊めるには役所の許可を得なければならないと断られた。この時間には役所は開いておらず、許可など得られるはずがない。

イトーが腹を立てて、いつになく声高に文句を言い立てる。すると主人は恐れ入って、ようやく宿泊に応じた。

車夫たちは、黒川まで引き返して泊まり、翌朝、また迎えに来ることになった。

二階の二間に案内されたが、頭がつかえそうなほど天井が低かった。主人が雨戸を締め切ってしまい、耐え難いほど蒸し暑い。開けておくと泥棒が入ると、主人は言い訳するが、西洋人が泊まっているのを、外から見られたくないらしい。

さらなる問題が発生した。夕食が出せないというのだ。これから竈《かまど》に火を入れるとすると、米が炊き上がるのは夜更けになってしまうという。

とにかく何でもいいから、今すぐ腹の足しになるものをと頼んだ。すると、いきなりきゅうりが出てきた。曲がったのやら、丸まったのやら、不揃いなのが、ざるの上で山盛りになっている。

イザベラは呆然と見つめてつぶやいた。

——夜になって宿に入るのは、よくないわね。食事の支度にも時間がかかるし——

イトーが腹立たしげに言い返す。

——粕壁に泊まった最初の晩から、私は、そう言いましたよね。でも、あなたは、もっと先まで行きたいと言い張って——

イザベラは溜息まじりに答えた。

——あなたの言う通りよ。これからは早めに宿に入りましょう——

結局、ふたり差し向かいで、きゅうりを手づかみで食べた。旬の採れたてで、腹が減っていたせいもあり、塩をつけると意外に美味だった。

ぽりぽりと音を立てて、ひたすら食べまくり、きゅうりは一本ずつ減っていく。たがいに、その食べっぷりを見ているうちに、おかしくなって、思わず笑い出した。

何を言うわけでもないのに爆笑になった。イトーは、かじりかけのきゅうりを手に、腹を抱えて笑う。イザベラは端まで口に押し込んだが、吹き出しそうになった。

ふたりして、そんなふうに笑うのは、初めてだった。

その夜は、すさまじい風雨で、イザベラは何度も目を覚ました。朝になっても、まだ雨が続いていた。

新潟では、ずっと好天だったため、雨季は過ぎたと思い込んでいたが、読みが甘かった。今日から山に分け入るのに、山道が、ぬかるんでいるのは疑いない。

それでも約束通り、三台の人力車が戻ってきて、雨の中、早々に一軒家を後にした。

黒川の山際を北上し、ほどなくして荒川《あらかわ》沿いに至った。ここからは渓谷に入り、東に向かってさかのぼる。いくつもの峠を越えて、はるか彼方の米沢盆地を目指すのだ。

だが案の定、坂道がぬかるんで、人力車は進めなくなった。車夫たちが申し訳なさそうに、降りてくれと頼む。

イザベラは下車して歩いた。車夫たちは一台ずつ三人がかりで押し、さらにひどいところは持ち上げたりして、何とか難所を切り抜けた。

また乗車したものの、ほどなくして、また動かせなくなった。そこからは乗ったり降りたりを繰り返した。

そうしているうちに腰痛が再発し、歩くのもつらくなった。イトーが肩を貸してくれて、のろのろと進んだ。

とうとう車夫たちは荷物用の車にかかりきりになり、ほかの二台を山中に置いていくと言い出した。

イザベラが盗まれないか案じると、車夫たちは笑って何か答えた。イトーが訳す。

――こんな山道で、素人に人力車は引けないから、誰も盗みはしないそうです――

そこからは荷物用の一台だけを、三人がかりで押して進み、ようやく一同は山深い寒村に着いた。

狭い谷底に段々畑が築かれて、蕎麦《そば》や雑穀がヒョロヒョロと育っており、また貧しげな村だった。

そこから先は人力車は通れないという。そのため馬を求めて、駅逓を訪ねた。しかし痩せた馬が一頭しかいなかった。何頭も農耕馬を飼う余裕がないらしい。

まだ昼前だし、ここで泊まるという選択肢はなかった。泊まれそうな家もない。

馬の背中に、すべての荷物を載せ、イザベラは車夫たちに別れを告げて、イトーの肩を借りて歩き始めた。馬子が、よろけそうな馬を何とか制御しながら、前を行く。

雨が激しさを増し、かたわらを流れるせせらぎが増水して、今にも道が水没しそうだった。やがて水があふれ出て、一歩、踏み出すたびに、足首まで水に浸かった。

蓑笠の下の油紙が役に立たなくなり、ドレスが湿る。体が冷え切って、夏とは思えないほど寒かった。

ようやく、たどり着いた村では、道が川になっており、家に浸水しないよう、どこも道端に土嚢《どのう》を積んでいた。

旅人を泊めるという家が一軒だけあった。しかし女将《おかみ》が出てきて、イザベラとイトーの洋服姿に恐れをなし、無理だと断られた。

それでも、そこに泊まるしかなく、強引に部屋に上がると、今にも床が抜けそうに傾いているし、障子は破れ放題で、桟まで折れていた。雨戸も穴だらけで、雨は吹き込み放題、天井からは雨もりもする。

この調子では、今夜は濡れたドレスは乾かせない。湿った服のままで夜を過ごし、朝になると、びしょびしょの靴を履く。じっとりと肌にまとわりつく感触は、ぞっとする。病気にならないのが、不思議なくらいだった。

その宿では夕食は出たものの、薄汚れた色の飯で、よく見ると黒いものが、たくさん混じっていた。

――この黒い実は何かしら――

するとイトーは音を立てて箸を置いた。

――これは食べない方がいいです――

イザベラは怪訝に思って聞いた。

――なぜ？――

――とにかく食べてはいけません――

イザベラの飯茶碗《めしぢゃわん》を引ったくるようにして、自分のと一緒に持ち去った。台所の方から、イトーの怒鳴り声が聞こえる。

もしかして黒い実は、鼠の糞《ふん》だったのかもしれないと気づいた。いくらかは食べてしまったが、もう胃の中だ。

でも、こんなひどい状況があってこそ、旅行記は面白くなる。イトーは日本の恥だと、嫌がるだろうけれど。

ただイザベラには、きわめて刺激的ながらも、まだ本に書いていない体験が、ひとつある。六ヶ月に及ぶハワイ滞在を終えた後、アメリカ本土に渡った時の話で、妹へは手紙で知らせたが、内容が内容だけに公開を控えていた。

ハワイから船で渡ったサンフランシスコは、二十年ほど前にゴールドラッシュで生まれた町だった。金の鉱脈が涸《か》れてからは、ハワイや日本や中国に向かう港町として栄えていた。

前のアメリカ旅行は東部のみで、イザベラにとって西海岸は初めてだったが、特に興味をそそられるものはなかった。

そこで四年前に開通したばかりの大陸横断鉄道に乗り、ロッキー山脈の入り口に当たるコロラドの小さな駅に降り立った。イザベラ四十一歳の秋だった。

駅舎前の埃《ほこり》っぽい道には、幌馬車《ほろばしゃ》が止まっており、周囲には木造の建物が並んでいた。日用雑貨の店とバーと遊女屋、あとは馬の蹄鉄を打つ鍛冶屋が、銃と弾丸も商っていた。それだけが周辺の開拓地での暮らしに必要なものだった。

中に一軒だけ宿屋があり、そこに泊まったところ、エステスパークという渓谷の評判を聞いた。さっそく翌日には、一頭立ての馬車に乗り込んで、山に向かった。

背の低い植物が、まばらに生える乾いた土の道を、馬車は盛大に土埃をかき立てて走った。

かつては白人の開拓民と、先住民との戦いが繰り広げられたというが、今や先住民の抵抗は止んでいた。

しかし開拓民の暮らしも厳しそうで、行き交う幌馬車に乗る者たちは、誰もが顔色が悪く、やせこけていた。

山に入る手前の町で、馬車を降りて一泊し、改めてエステスパークへの案内人を探したが、時間を割いてくれる者が見つからない。

ようやく案内を申し出た夫婦について行くと、さんざん迷って、帰り道すらわからなくなった。

その後、なんとか道を知る若者二人を見つけて、馬も手に入れ、三頭を連ねて出発した。乾燥した大地を延々と進んでいく。

それでも山が近づくにつれて、緑が増えていき、いつしか見渡す限りの草原に変わった。そこがエステスパークだった。

ハワイ島のワイピオ渓谷のように特殊な地形ではないものの、美しい山並みに囲まれた谷間は、広々として明るい。空は突き抜けるように青く、輝くばかりの緑の山影が迫る。

可憐《かれん》な野花が咲き乱れ、そのただ中をビッグトンプソン川が、ゆったりと蛇行しながら流れる。水面にはビーバーが泳ぎ、草原に目をやれば、仔犬《こいぬ》のような声で鳴くプレーリードッグが、地面の穴から顔を出す。彼方ではオオヘラジカの群れが、ゆったり草を食《は》んでいた。

川沿いをさかのぼっていくと、しだいに湿地が広がって、美しいエステス湖に至った。水面《みなも》に湖畔の針葉樹林が映り込む。

若者たちの案内で、イザベラは丸太小屋の宿に入った。宿の主人のグリフィス・エヴァンズは、ウェールズ出身で、近くに牧場も持っていた。

美しい自然環境ゆえに、すでに観光地として注目を集めており、グリフィスの宿には、白人の男たちや夫婦づれが滞在していた。

運のいいことに、湖の見える小屋が空いており、イザベラは一棟を借り切った。

それからは連日、馬に乗って、エステスパークを駆けまわった。すると渓谷の外れに、丸太小屋が一軒、建っていた。

近づくと大きな犬が現れて、イザベラに吠《ほ》え立てる。馬が嫌がって足踏みをしていると、丸太小屋の中から、ひとりの男が現れて、甲高い口笛を吹いた。

すぐさま犬は男に駆け戻り、そのかたわらに伏せた。いかにも忠実なしもべだ。

イザベラは馬から降りて、手綱を引きながら近づいた。男は見たところ四十代半ばで、金髪を無造作に肩まで伸ばしていた。

スウェードの古びた上着を羽織って、ガンベルトの右側に拳銃を、左にはナイフを差している。西部の荒くれ男といった出立《いでた》ちだ。

もっと近づいて、ぎょっとした。男の片目が義眼で、頰にかけて傷跡があったのだ。逆側の目鼻立ちは、目を引くほどの美男だった。

イザベラは動揺を隠して挨拶をした。

――初めまして。イギリスのエディンバラから来たイザベラ・バードです。旅行記を書く取材で、この辺をまわっています。急にお訪ねして、ごめんなさい――

――かまいませんよ。私はジム・ヌージェント。アイルランド出身です――

意外なほど穏やかな声で、言葉遣いも丁寧だった。イザベラが遠慮がちに右手を差し出すと、男は気軽に握手に応じた。

――ヌージェントさんは、この小屋に、おひとりで？――

――ジムと呼んでください。女房と子供がいますが、ここではひとりです。いずれは牧場をやりたいのですが、今は鹿などの狩猟で暮らしています――

開拓者たちは居住実績を積むことで、政府から土地の所有を認められる。ジムは、その申請中だという。

――エステスパークは、お気に召しましたか――

――ええ、もちろん――

――ロングズ・ピークには登りましたか。険しい山ですが、頂上からの眺望が素晴らしいですよ。登山が嫌いでなければ、ですが――

――山登りは大好きよ。ぜひにとは思うけれど、案内してくれる人が見つからないでしょう。エステスパークに来るのさえ、苦労したし――

体力のない女の登山など、案内人の手間になるのは目に見えている。まして若い美人ならまだしも、イザベラを険しい山に案内する物好きなど、いるとは思えなかった。

するとジムが意外なことを言った。

――私でよければ、お連れしますよ。年中、猟で山に入るので、この辺の山には詳しい方ですし――

思わず胸が高なる。

――本当ですか。それなら、ぜひ――

――いつが、よろしいですか――

――いつでも。明日でも明後日《あさって》でも――

――では明日の朝、迎えに行きますよ――

――ありがとうございます。グリフィス・エヴァンズの、湖が見える小屋に滞在しています――

――それなら今から送りましょう。この辺りにも、まれにグリズリーが出るので――

――それは耳にしていますが、滅多には出ないでしょう？――

イザベラは、いつもの強気で答えたが、ジムは自分の義眼を示した。

――私の目は、グリズリーにやられました。女性が武器も持たずに歩くのは、控えた方がいい――

結局、ジムは帰り道を送ってくれた。

グリフィス・エヴァンズの宿では、食事は大きな建物の食堂で供される。夕食のときにイザベラがジムの話をすると、グリフィスは口汚く罵った。

――あの男は、さんざん悪事を働いて、どこにもいられなくなって、山に来たんですよ。女房子供にも逃げられてね。それでいて離婚には応じないんだから、たちが悪い――

――そうなの？　そんなふうには見えなかったわ――

――いや、いろいろ上手いことを言うでしょうが、信じちゃいけません。嘘ばっかりなんですから。ああいう男には近づかない方がいいですよ――

――グリズリーに目をやられたというのも、嘘かしら――

――さあ、どうでしょうね。悪い仲間から、私刑《リンチ》でも受けたのかもしれませんよ――

西部の無法者など、イザベラには縁のない世界だ。でもアメリカの開拓地だからこその存在であり、むしろ興味をそそられた。

なおもグリフィスは言いつのる。

——だいいちロングズ・ピークなんて、あんな山、女性には無理ですよ。ずっと岩登りですから。天気も変わりやすいし。今の季節でも雪が降ることだってあるんです。頂上近くは切り立った崖を、岩をつかみながら這い上がるんですからね。そんな山に誘うなんて、あいつは常識ってものを持ち合わせていないんだ——

イザベラは反感を覚え、つい強気で言った。

——それなら余計に行きたくなったわ。身の危険を顧みていたら、面白い本は書けないもの——

翌日、ジムは馬に乗って迎えに来た。イザベラも自分の馬に乗り、二頭で出発した。ジムの犬が二頭の馬の後先《あとさき》になりながら、高原を横ぎり、山道に入った。

途中、山百合の咲き乱れる渓谷が現れた。白い花と緑の葉が彼方まで連なり、甘い香りに酔いしれそうだった。ジムは少し自慢げに言う。

——開花時期が短くて、今だけなので、地元でも知られていない場所なんですよよ——

——こんな素晴らしい光景、見たことがないわ——

そこからは山を登るにつれて、しだいに植物の丈が低くなり、いつしか緑が途切れて、周囲は岩場になった。大小の岩が果てしなく続く。

やや平らな場所で、ジムは馬から降り、イザベラにも降りるように促した。

──ここからは馬は無理なので、足で登りましょう──

二頭の手綱を岩に絡めてから、犬に命じた。

──おまえが馬を守るんだぞ──

犬は前足を踏ん張って座り、両耳をピンと立てた。

イザベラは不安になって聞いた。

──こんなところに置いていって、グリズリーに襲われないかしら──

──岩場には餌がないから来ません。危ないのは毒蛇だけれど、そのくらいなら、彼が追い払います。勇敢な犬なので──

そこから先は延々と岩場が続いた。

──私の踏んだ岩を、たどってください。できるだけ楽に登れるようにしますから──

イザベラは言われた通りに、ジムの足元を見つめて登り続けた。少しでも岩の隙間が大きかったり、段差が高かったりすると、こまめに手を差し伸べてくれた。

急に風が強まったところで、ジムは足を止めて、目の前の崖を見上げた。

──ここを登り切ったところが頂上です。登れそうですか──

一枚岩の壁が青空を射貫《いぬ》くように、高く高く垂直にそそり立つ。さすがにイザベラは怖くなった。でも、ここまで来て、登らないというわけにはいかない。

——命をかけて登る価値はありそうね——

ジムは頬を緩めた。

——ならば、命をかけて、あなたを守りましょう——

そして担いできた麻綱を、イザベラの腰にまわして固く結び、自分の肩から脇にも掛けまわして、命綱をつないだ。

そこからは、ジムが自分の手をかけた突起を、いちいちイザベラに示して登った。

すぐに傾斜が急になる。ジムは片手で突起をつかみ、もう片方でイザベラの腕をつかんで引き上げる。

脇に腕をまわして、抱き上げてくれることも度々だった。その強靭《きようじん》さは驚くほどで、まさに命を預けたも同然だった。

途中でイザベラは息が苦しくなった。

——もう無理だわ。これ以上、あなたに負担をかけられない——

初めての岩登りで、これほどの高山は無謀だった。だがジムは腕を離さない。

——大丈夫。もう少しで頂上だ。君に、あの眺望を見せたい——

ジムはイザベラを引き寄せ、両腕を自分の首に巻きつけさせた。

──この方が楽だ──

そう言ってイザベラを背負い、強風の中を登っていく。超人的な足腰の強さだった。最後は岩が軒のように張り出していた。ジムはイザベラを背中から降ろして、手でつかむべき突起と、足をかける突起を示した。イザベラは恐怖をこらえて、言われた通りに突起に立った。

ジムは張り出した岩に手をかけて、身を弓のようにしならせたかと思うと、軽々と乗り越えた。それから頂上に腹這いになって、下に向かって手を差し出す。イザベラの手首をつかむなり、一気に引き上げた。

それがイザベラの恐怖の頂点だった。ふたりで、そのまま崖下に墜落するかと覚悟した。

だが気がつけば頂上にいた。それも勢いあまって、ふたり折り重なるようにして、狭い頂上に転がっていた。

助かったという思いと、転がった姿がおかしくて、笑いが込み上げる。ジムも笑っている。ハワイで川の深みから、這い上がったときと同じだった。

ひとしきり笑い、それからジムが狭い頂上に横たわったままで、遠くを指さした。

──見てごらん。きれいだろう──

そこには雲ひとつない絶景が広がっていた。眼下の高原では、鮮やかな緑の中に、銀色の川が蛇行する。周囲は濃い緑の山並みで、遠くには灰色の峰々が連なる。すでに太陽が西に傾いており、すべてが朱色味を帯びていた。

こんな景色が、この世にあるのかと思う美しさだった。さっき笑ったばかりなのに、あまりのことに涙が込み上げる。

恐怖を乗り越えて登りきったからこそ、手に入った感動にちがいなかった。


その夜は山の麓まで下りて野営した。

ジムは夜露しのぎに、木と木の間に帆布を張った。その下に枯れ草を集め、持参のブランケットを敷いて、柔らかな寝床を作ってくれた。

そのかたわらで、枯れ枝を集めて燃やした。ジムは自分で仕留めたという鹿肉を持参しており、焚き火でこんがりと焼いた。赤葡萄酒《あかぶどうしゅ》の栓を抜き、ゆがんだ錫《すず》製のカップで飲んだ。どんなレストランの料理にも勝る美味だった。

食事の後は、ふたりで黙って炎を見つめた。ジムの義眼でない方の顔が、炎の照り返しで、いっそう美しく見えた。

そして夜露しのぎの帆布の下で、男女の仲になった。

若い頃には恋をした。でも年齢を重ねてからは、自分が毅然《きぜん》とした態度をとっていれば、異性とふたりきりになっても、踏み込まれない自信があった。

それは、こんな歳になっては、もう相手にされないという自信のなさの裏返しでもある。ハワイで求婚されても本気になれなかったのは、そのせいだった。

だが、そんな予防線など、ジムは易々と乗り越えてくる。しょせん気まぐれだと覚悟している。悪い男だと聞いているし、妻と離婚していないこともわかっている。

イザベラ自身、道から外れた自覚もある。死んだ父が知ったら、どれほど嘆くことか。でも厳格な父の規範から逃れたいという思いも、心の奥にひそんでいる。

しかし、どんな相手であっても、どれほど背信的であっても、イザベラにとって、これが生涯、最後の恋になると予感した。

イギリスに帰って、真っ先にマル島の妹に会いに行った。するとヘンリエッタは、やや複雑な表情で迎えた。

――帰ってきてくれて嬉しいわ。でも結婚したかったんでしょ？　私のために諦めたの？――

若い頃から、たがいの恋は打ち明け合ってきた。今度も毎日のようにつづった手紙を、帰国の途中で投函した。それが先に届いており、もう読んでいたのだ。

イザベラは暖炉の前に座って答えた。

――そんなことはないわ。結婚できるような相手じゃなかったの。それは確かよ――

あれからイザベラはエステスパークを去って、コロラド最大の街であるデンバーに向かった。そこで銀行におもむいたところ、思いがけないことに業務が停止されていた。持っていた小切手を、現金化できなかったのだ。

東部に向かう列車の切符も買えなければ、デンバーのホテルにも泊まれない。銀行業務が再開するまで、エステスパークに戻るしかなかった。

最初にエステスパークに着いた時に、イザベラは長期滞在するつもりで、グリフィスに宿代を前払いしていた。だが予定よりも早く宿を引き払うことになり、その返金を求めた。するとグリフィスは金がないと言って応じなかった。だから、今も宿泊できるはずだった。

戻ってみると、まだ湖の見える小屋は空いており、ふたたび滞在できた。

イザベラが戻ったと聞きつけて、ジムが訪ねてきて告白した。

――君に去られて、どれほど大事な女性だったかが、よくわかった――

そして求婚したのだ。すぐにでも妻からの離婚請求に応じるという。玩具《おもちゃ》を取り上げられた駄々っ子と同じだった。

それがわかっているのに、以来、イザベラはジムの来訪を拒めなくなった。ときおり銃を携えて、馬で狩りに出かける精悍《せいかん》な姿が、前にも増して魅力的だったのだ。

ヘンリエッタを呼んで、ここで一生暮らそうかと迷ったこともある。でもハワイですら、無理だったのだ。ジムのことは手紙でこそロマンチックに描けるが、実際に妹に引き合わせる勇気はない。

それにジムが結婚生活に向かないことも承知している。一緒にいる時間が長くなるにつれて、ほころびが垣間見えた。

オオヘラジカを仕留めて、肉と毛皮を町に売りに行った時のことだった。帰ってきたのは翌日だった。しかも昼間から酒の匂いをさせており、肉と毛皮の代金は消えていた。酒場の女や客たちに、大盤振る舞いをしたらしい。

初雪が降る頃に、グリフィスが宿代の残金を差し出した。

――これを持ってイギリスに帰った方がいい。雪が積もったら、五月の雪解けまで出発できなくなる。その間に、あんたはジムに殴られたり、泣かされたりする。そんな姿を見たくはないんだ――

その申し出を受け入れるだけの理性を、イザベラは持ち合わせていた。ただジムが駄目な男だからこそ、見捨てていくことに心が痛んだ。自分なら立ち直らせてやれそうな気がしたのだ。

イザベラは、最初にジムと行った山百合の咲き乱れる谷に、ひとりで出かけてみた。予想はしていたが、そこは様子が一変していた。白い花どころか、緑の葉も消え失せ、ただ冬枯れの谷が広がっていた。あの美しかった光景が夢だったかのように。

ジムとの恋も同じだと、自分自身に言い聞かせた。そして別れも告げずに、エステスパークを後にしたのだ。

ヘンリエッタは暖炉の前に座り、もういちど聞いた。

――でも愛していたんでしょ? ジム・ヌージェントのことを――

――そうね。未練がなかったと言えば、嘘になるかもしれない。でも愛と結婚とは別。私も結婚には向かないし。私が何より愛するのは旅だもの。それも帰るところがあるからこそ、待ってくれているあなたがいるからこそ、旅に出るのよ――

ヘンリエッタを養う責務を、重く感じることもある。それでも待つ人がいるからこその旅というのは、いつわりない思いだった。

イザベラが鼠の糞の入った飯を食べてしまってから、米沢盆地に向かう旅は、いっそう厳しくなっていった。

ある村には駅逓がなく、馬もおらず、雌牛が連れてこられた。可愛らしい仔牛がついてきたので、イザベラは両手を打った。

――仔牛がいるなら、牛乳を飲めないかしら――

だが村人たちは、牛の乳を飲むなど信じられないと笑う。イザベラもイトーも乳の搾り方を知らない。そのために母牛の背に荷物を載せるだけになった。

山が深くなり、とうとう馬も牛もいなくなって、荷物は村の男たちが担いで運んだ。骨に筋肉が張りついたような腕と脚で、懸命に重荷を支えて歩く。

細かい皺だらけで、垢が積み重なった肌に、虻《あぶ》がたかっても払えない。虻に刺された跡から血がにじんで、汗で流れる。見るに耐えない姿だった。

イトーが目を伏せて言う。

――こんなところが日本にあるなんて、恥ずかしいばかりです――

雨が止むと、いっせいに蟬《せみ》が鳴き出した。森中に声が響き渡る。イギリスには、こんな大声の蟬はおらず、イザベラには、ただの騒音にしか聞こえない。

それでも、しだいに下り坂が増え、村々の様子は、ましになっていった。馬を三頭ずつ調達できるようになり、村人たちの姿も、少しずつ清潔になっていく。

ある宿で出された黒豆が、イザベラは気に入って「オイシイ」を連発した。それを聞いた村人たちが笑顔になる。

墨や半紙を備える家もあり、英語で揮毫《きごう》を頼まれた。それに応じて、アルファベットの名前を、太筆で大きく書いた。

その間、家の女たちが団扇《うちわ》で、イザベラとイトーに風を送ってくれた。ずいぶん時間がかかったため、イザベラがチップを置いていこうとした。

イギリス人の感覚では小銭だが、女たちには多すぎるのか、遠慮して受け取らない。

イザベラが無理やり置いていこうとすると、女たちはイトーに、そっと返した。ほかの家で休憩した時には、茶がなくて、湯ざましだけ飲ませてもらったことがあった。それで若い女房が恐縮し、礼金を受け取らなかった。休憩代の名目は場所代ではなく、茶代だからだという。

それからも山と谷を越え続けた。

ふと気づくと、道の片側に眺望が開けていた。そこは崖上で樹木が途切れており、雨も止んで、眼下が見渡せた。

イザベラは馬子に合図して馬を止めさせ、イトーを振り返って呼んだ。

——イトー、ちょっと来て——

イトーは何事かと、馬の腹を蹴って駆けつけてきた。

イザベラが指さす方向に目を向け、イトーは感嘆の声をあげた。

——これは、すごいな——

薄緑色の田園が、どこまでも広がり、あちこちに濃い緑が点在していた。それは防風林で、風下には家々が寄り添うように連なっていた。

どの集落も直線的な道で繋がり、ゆったりと蛇行する川も見える。広大な平地の果ては、薄鼠色の山並みに囲まれていた。

そのすべてが午後の日差しを浴びて輝いている。ロングズ・ピークの頂上ほどではないものの、美しさに心が揺さぶられた。

イザベラはつぶやいた。

――私はね、これを見るために、つらい峠道を越えてきたのよ――

イトーが手綱を持ったままで聞き返した。

――あなたは達成感を求めて、あえて苦難に挑み続けているのですね――

――その通りよ。それが不健康な少女時代を過ごさなければならなかった私にとって、生きている証《あかし》なの――

イザベラは言葉に力を込めた。

――峠を越えてきたからこそ、善良な人たちにも巡り合えたのよ。ずっと私たちを扇《あお》ぎ続けてくれた女の人たちみたいな。私は、貧しい暮らしぶりを目の当たりにしたからこそ、日本人のよさがわかるの。峠越えをしてきて、よかったでしょう?――

イトーは小さくうなずいた。

山道を抜けて米沢盆地まで下りきると、一気に快適になった。

明るい青空の下、幅広の街道が真っ直ぐに伸びる。邪魔な岩も石ころもなく、水はけのいい道だった。

道端には電信柱が立ち並び、電線が連なる。町と町とで電報のやりとりができるらしい。文明開化の象徴だった。

道の両脇には見渡す限り、緑の稲田が広がる。そこに風が吹き抜けて、田植え後に伸び始めた若い稲が、穏やかな波のように揺れていた。

雨にも暑さにも無縁で、馬上の旅が、今までになく爽やかだった。蟬の声も聞こえるが、山中ほどやかましくはない。

ブラントンの地図によると、米沢盆地は南端の米沢を要として、半開きの扇のように北に向けて広がっていた。イザベラは扇の西端に出たのだ。

集落に入ると、どこの家の庭にも果樹が枝を伸ばしていた。イトーが種類を教えてくれた。

——あれがサクランボで、こっちが梨。葡萄棚のある家も多いですね。リンゴはアメリカからもたらされて、まだ年月は浅いはずだけど、かなり枝葉が茂っていますね——

イトーの故郷では「庭に実のなる木を植えてはいけない」という伝承があるという。猿などを呼び寄せるかららしい。

だが奥州には、そういった俗諺《ぞくげん》はないようで、会津盆地には柿の木が多かったし、米沢盆地では多種多様な果樹が植えられていた。

イザベラは庭先で天日干しされている白い粒を指さして、イトーにたずねた。

——あれは何？——

——蚕の繭ですよ——

——あの芋虫の？——

とたんに鳥肌が立つ。

今までの道中でも、屋根裏部屋などで蚕を飼っている宿があった。その時は、まだ芋虫状態で、夜中でも桑の葉を食べる音が絶えなかった。イザベラは気味が悪くて、泊まるのが嫌だった。

イトーが説明する。

——あのときは芋虫でしたが、もう繭になったんで、日光に当てて乾燥させて、中の虫を殺すんです。繭を解いて生糸を取るときには、湯に浸して柔らかく戻します——

イトーが生まれた翌年から、イギリスやアメリカと貿易が始まり、生糸が輸出品になったという。

イザベラは米沢盆地の豊かさを感じた。

——稲作をして果物が採れて、輸出用の生糸も作って、電信まで通じているなんて、この辺りは、いわば東洋のアルカディアね——

——アルカディア？——

——もともとはギリシャの地名で、理想郷のことよ——

——誉めすぎじゃないですか。東京近辺なら、このくらいのところは、いくらでもありますよ――

――そうかしら――

――そうですよ。今まで通ってきたところと比べるからです。日本は、どこもあんなふうだと思われたら困ります――

――わかったわ。日本にもアルカディアがあるって、本には書いておくわね――

――どうか、お願いします――

冗談めかしたやり取りをして、ふたりで声を揃えて笑った。

しかし快適な旅は長くは続かなかった。

小松《こまつ》という町に差し掛かった時に、街道沿いの家から、ひとりの男が出てきた。男はイザベラに気づくなり、何か大声で叫んで、出てきたばかりの家に駆け戻った。

別の男たちが数人、飛び出してきた。彼らもイザベラを見ると、何か叫びながら、あちこちに散っていった。

「イジン、イジン」という言葉は、イザベラにも聞き取れる。叫び声がこだまし、それに応じるようにして、街道沿いの家並みから、どんどん人が出てきた。

今までの山間の小さな集落なら、村中が総出になっても、たかが知れていたが、小松は大きな町だ。数限りなく人が集まってくる。全員が、こちらを指さして「イジン、イジン」と騒ぐ。

馬が興奮して首を上下に振り始めた。馬子が落ち着かせようと、手綱を握って鼻先を軽くたたく。だが見物人は増える一方で、馬は激しく足踏みを始めた。

たちまち街道は人で埋め尽くされた。このままでは前に進めない。イトーが馬から飛び降りて、馬子に手綱を渡し、イザベラの馬の前に走り出て大声で何か叫ぶ。

大きく両手を広げながら前に進んでいくと、人垣が崩れ始めた。後ろで押されたのか、女性の悲鳴や子供の泣き声も上がる。

イトーは大声で道を開けさせながら、イザベラの馬を先導した。

大きな町だけあって、大名も泊まったことがあるという上宿に入れた。庭園の池には錦鯉《にしきごい》が泳ぎ、ふた間続きの部屋のしつらえも立派で清潔だった。

しかし見物人たちが宿の中にまで入り込んでしまった。いくらイトーが怒鳴っても、宿の主人や奉公人たちが止めようとしても、多勢に無勢で、どうにもならない。

イザベラは諦め顔で言った。

――放っておきましょう。見られるのは、もう慣れたわ。動物園のキリンにでもなった気分よ――

部屋に落ち着く頃には、宿の主人が、なんとか見物人たちを玄関から退散させた。

しかし別の方向から騒ぎ声が聞こえてきた。障子を開けてみると、隣家の屋根の上に大勢が登って、こちらを凝視していた。

イトーが縁側に近づくだけで、歓声がわく。洋服姿のイトーも異人だと思い込んでいるらしい。大きな音を立てて障子を閉めると、今度は落胆の声に変わった。

その夜もイザベラは、ドレスのままで簡易ベッドに横になった。

翌朝、目を覚ますと、庭が騒がしかった。雨戸の隙間から外を見ると、また大勢の見物人が庭先に入り込んでいた。

イトーも諦めて荷造りにかかった。パークス夫人から借りたゴムたらいがなくなって、ずいぶん楽になった様子だ。その代わり、イザベラは何日も湯浴みができていない。

イトーが荷物を担ぎながら言った。

――今日は赤湯《あかゆ》まで進みましょう。温泉場だから、風呂に入れますし――

赤湯は米沢盆地の北の外れに位置する。イザベラは、あいまいに首を振った。

――プライバシーの保てるお風呂があるといいのだけれど――

とにかく主人を呼んで勘定を済ませ、玄関から外に出て驚いた。前庭も街道も、ぎっしりと人で埋めつくされていたのだ。これほどの人数は初めてで、恐怖を覚えるほどだった。

人垣の向こうから、馬のいななきが聞こえた。頼んであった馬が、群衆に興奮しているらしい。

なんとか人をかき分けていくと、二頭の雄馬に、それぞれ馬子がついて立ち往生していた。ここまでは雌馬ばかりで、これが初めての雄だった。

二頭とも、かなり気をたかぶらせており、足を踏み鳴らし、頭を上下に振り続ける。口の端には、白い泡があふれ出ていた。

おとなしい雌馬はいないのかと聞いてみたが、今日は、この二頭しかいないという。少し不安もあったが承諾した。

――人混みを抜け出せば落ち着くでしょう。それまで何とか乗りこなせばいいわ――

嫌がる二頭に荷物を振り分けて載せ、イザベラとイトーは、それぞれの馬の背にまたがった。ここのところ荷造りを工夫すれば、人と荷を合わせても、なんとか二頭で足りるようになった。

イザベラの一挙一動に、見物人から声が上がる。そのたびに馬が驚いて、いよいよ興奮する。

イトーが乗った馬が、その場をグルグルとまわり始めた。手綱を引いて制御しようとしたが、いきなり前足を蹴り上げて、後ろ足二本で、高々と立ち上がってしまった。はずみでイトーの手が手綱から離れた。馬の尻から尻尾へと、一瞬で滑り落ちた。

イザベラは馬上から叫んだ。

――イトー、しっかりしてッ――

だが、その声に驚いたか、急にイザベラの馬が走り出した。前にいた群衆が悲鳴を上げて、われがちに逃げ出す。人垣が崩れた街道を、馬は全速力で駆けた。いくら手綱を引いても制御できない。

たちまち小松の町から外れた。街道が田園のただ中を貫くようになっても、馬は速度を落とさない。もはや手のつけようのない暴れ馬になっていた。

行く手に人が現れると、イザベラは叫び声を上げ、向こうが驚いて道を譲る。いくつもの小川を越え、いくつもの集落を通り過ぎ、大きな町に飛び込んだ。

あちこちから湯気が立ち上り、温泉特有の匂いもする。どうやら短時間で、赤湯まで走り切ったらしい。

町の人々が気づいて悲鳴をあげる一方で、駅逓らしき建物から数人の男たちが飛び出してきた。

ひとりがイザベラの馬に飛びついて、手綱をつかんだ。馬に引きずられつつも、ほかの男たちも力を貸して、なんとか制止することができた。

馬は思いきり走って疲れたのか、ようやく足を止めた。

イトーが後から馬で駆けつけた。落馬から立ち直って、すぐに後ろから追いかけてきたという。

その町は予想通り、赤湯の温泉街だった。リウマチに効くと評判の湯で、どの宿も湯《とう》治客《じ》でいっぱいだった。

大きな露天風呂が、いくつもあったが、すべて混浴だった。内湯を持つ宿はなく、湯治客は宿から出て、露天風呂に浸かりにいく形式だ。

それではイザベラは入浴できない。まして昼間から三味線や歌声、手拍子などが聞こえ、うるさくてたまらない。

駅逓で聞くと、次の宿場は上山《かみのやま》といって、やはり温泉が出るし、内風呂を持つ宿もあるという。

ブラントンの地図によると、赤湯は米沢盆地の北端に位置し、上山は、もうひとつ北の山形盆地の最南端にあった。盆地と盆地の間は、谷間を進むことになるが、さほど険しい峠越えはないという。

イザベラは遠慮がちに聞いた。

――イトー、もし落馬で、ひどく怪我《けが》していないなら、このまま上山まで行かない？ 明日は日曜日だから、同じ宿で二泊したいし――

イトーは肩をすくめ、少々、皮肉めいた言い方をした。

――そうですね。暴れ馬のおかげで、ずいぶん早く着きましたしね――

新潟からの山越えは苦難の連続だったが、ようやく平地に下りたのだ。なのに今さら暴れ馬や、落馬などの災難に見舞われようとは予想外だった。

上山は宿場町であり、温泉街であり、城下町でもあった。到着が夜になったのが珍しく幸いして、小松のようには騒がれずにすんだ。

大きな温泉宿を訪ねると、運のいいことに、風呂つきの離れが空いていた。そこを借り切って、イザベラは久しぶりに湯に浸かった。

日曜日は移動せず、上山の町を見物した。城下町のせいか品がよく、ひそひそと指をさされるだけで、大声で騒ぎ立てる者はいない。群衆に取り囲まれることもなかった。

翌日からは、おとなしい雌馬が用意され、南北に細長い山形盆地を北上した。

最初に到着した山形は大きな都市で、役所や病院などの洋館が何棟もあり、イトーが誇らしげに胸を張る。

山形からは天童《てんどう》、尾花沢《おばなざわ》、新庄《しんじょう》と、盆地から盆地へと進んだ。

新庄の北には、また小さな盆地が開けており、その北の端が金山《かねやま》だった。山の際に位置する小さな村で、杉の産地だという。

村のあちこちにせせらぎが流れ、水音も涼しげに響く。それが金山川に集まり、いずれは最上川《もがみがわ》に合流する。

村人たちは下流の人々のために、水を汚してはならないという意識を持っており、清潔な暮らしぶりだった。ごみは落ちていないし、どこも草刈りがされて、雑草が生え放題の場所もない。

——ロマンチックな村ね。建物に統一感があって、美しいし——

どの家も切妻の白漆喰に、焦げ茶色の梁《はり》や柱が格子状に配されている。

イザベラは金山が気に入り、まだ時間は早かったが、ここで泊まることにした。

道中で虻に刺され、手の甲から袖の中まで真っ赤に腫れていた。すると宿の女将が見かねて、新庄から医者を呼んでくれた。

その手配で宿を出入りしていたイトーが、跳ねるような足取りで戻ってきた。

——隣の家で鶏を飼っています。一羽、譲らせましょう——

——そんなこと、できるの？——

——おまかせください。今夜こそチキンを食べましょう——

車峠で鶏を逃したのが、いまだに悔しくてならないらしい。

夕方には医者が人力車で到着した。それを出迎えて戻ってきたイトーの姿に、イザベラは目を見張った。見たこともない紋付袴姿だったのだ。

——そんな着物、わざわざ持ってきてたの？——

——いざという時のために用意してきました。とにかく手を診てもらいましょう——

医者も紋付袴姿で、イザベラににじり寄り、おごそかな様子で、腫れている腕に手を触れた。何か言うのを、イトーが訳す。

——腫れておいでです——

イザベラは半ば呆れて言い返した。

——言われなくても、わかっています——

だがイトーは日本語には訳さない。また医者が言った。

——熱を持っていますね——

——それも、わかってます——

もう笑い出しそうだったが、イトーが怖い顔で制す。

医者は、小さな二枚貝を開いて、中の練り薬を患部に塗った。それで診察は終わりだった。両手を前について深々と頭を下げ、座ったまま後ずさって、部屋から出ていった。イトーが後を追う。

ずいぶん経ってから戻ってきた姿に、イザベラは、また目を見張った。紋付袴が鳥の羽だらけだったのだ。

それでも嬉しそうに言う。

——今度は逃げられないように、さっそく絞めました——

——どうやって手に入れたの？——

——医者に言ったんです。イギリスで有名な作家先生が、ここのところ、ろくなものを召し上がることができず、この分では手の腫れも、なかなかよくはならないでしょう。

ちょうど隣家に、先生の好物の鶏がいるので、焼いて差し上げたいのですが、お口添えいただけませんでしょうか、と――

イトーは自慢顔だ。

――医者は、ときおり隣家にも往診に来るそうで、鶏を一羽、譲るようにと、口添えしてくれました。隣家では信頼する医者の言うことならと、素直に応じたわけです――

イザベラは、なるほどと納得した。イトーの紋付袴は、イザベラの権威を高めるための道具立てであり、さらに医者の権威にも乗っかって、まんまと鶏を手に入れたのだ。

その夜、塩を振って炭火で焼いた鶏肉は、皮がぱりっとして、中は肉汁が滴り、東京のイギリス公使館を出て以来の美味だった。イトーとふたり、骨つき肉を次々とむさぼり食った。

イトーが骨をしゃぶりながら聞いた。

――美味しいでしょう?――

――とっても美味しいわ。ありがとう――

するとイトーは涙ぐみ、その涙を誤魔化すためか、少し照れ気味に言った。

――そんなふうに喜んでもらえて、私は、とても嬉しいです――

金山を出発する朝、駅逓では小さな馬一頭と人力車一台しか用意できなかった。山に分け入るのに、人力車では無理に思えたが、車夫も馬子も大丈夫だと言う。

仕方なく馬に荷物を載せて、イザベラは人力車に乗り、イトーは歩くことになった。

ここのところ盆地と盆地をつなぐのは、比較的、緩やかな山道だったが、久しぶりの厳しい峠越えになった。

杉の産地だけに、どこまでも杉林が続いて、空気は清涼だった。常に人の手が入っており、よく下草も手入れされている。

ただ道は人が歩くためのもので、人力車が通るようにはできていない。足元は岩や木の根があらわだった。

車輪が窪《くぼ》みに挟まるたびに、イザベラは人力車から降りて歩き、イトーは車を押す羽目になった。急坂の歩行は、やはり腰が痛い。

峠が県境に当たり、山形県から出て、とうとう秋田県に入った。秋田側にも杉の美林が続く。

ほどなくして雄物川《おものがわ》の源流が現れた。今までとは逆の進行方向に流れており、分水嶺を越えたのを実感する。

湯沢《ゆざわ》の町に着いた時には、ちょうど大火事が鎮火したばかりだった。まったく何と間の悪いところに遭遇するのか、溜息が出る。

火事見物に集まっていた野次馬が、イザベラに気づいて、そのまま異人見物に転じた。

湯沢から先でも、毎晩のように部屋をのぞかれた。夜中に気配で目を覚まし、イザベラが絶叫したこともある。寝ている間に障子を三枚も外されて、庭いっぱいの人に凝視されていたのだ。

果ては大勢が屋根に登って、こちらをうかがっているうちに、茅葺きが大音響とともに崩れ落ちた。もうもうと土煙が上がり、怪我人が出なかったのが不思議なくらいの大事故となった。

そこまで、ずっと雄物川の流域を進んできたが、イザベラはブラントンの地図を見て、妙案を思いついた。新潟まで阿賀野川を船で下ったのと同じように、雄物川の河口近くまで川船で行けそうな気がしたのだ。

イトーが聞きまわってきたが、あの時のような定期船はないし、どこで聞いても首を横に振られたという。

――雄物川は流れが速かったり、浅すぎたりで、船では無理だそうです――

しかたなく馬で川沿いを進んでいると、荷を満載した川船が下っていくのが見えた。

――イトー、見てッ。やっぱり船で下れるわよッ――

次の駅逓で聞くと、小さな船なら出せるという。金山からの峠越えで、人力車が使えると言われて、実際は役に立たなかった経験もある。安易に信用できなかったが、案の定、用意されたのは、いつ転覆してもおかしくないほどの小船だった。

それでもイザベラは胸を張った。

――私の言う通り、船で下れるでしょう――

イトーは自棄《やけ》気味に答えた。

――はい、はい、あなたの言うことは、いつも正しいですね。船で下りましょう――


予想以上に川は穏やかだった。季節や天候によっては、水量が減ったり、流れが急になったりするらしい。

気がつけば夕方で、下流まで行き着いていた。そこは日本海に面した町で、ブラントンの地図では秋田と書かれていたが、地元では久保田《くぼた》と呼んでいた。

人通りも多く、道路や橋が立派で、洋館も目立つ。病院などの設備も、新潟や山形を超えていた。西洋料理店もあり、夕食に牛肉のステーキを食べられて、元気が出た。

だが翌日から豪雨が始まり、出発を日延べして、秋田滞在は三日に及んだ。その間、イザベラは警察署や工場の見学から結婚式の参列まで、さまざまな経験を積めた。

ようやく好天に恵まれて秋田を出発したものの、またもや祭りにぶつかり、たいへんな人出の中を進まなければならなかった。

それでも、なんとか町を外れ、日本海に突き出した男鹿《おが》半島の付け根に出て、そこから平地を北上した。

馬も穏やかで、のんびりした道のりになった。しかし左に八郎潟《はちろうがた》が見えてきた辺りで、イザベラは猛烈な腰痛に襲われ、急遽《きゆうきよ》、貧しげな集落の宿に泊まった。

そこからは雨や野次馬や蚤や虱との戦いに逆戻りした。翌日は出発してすぐに土砂降りになり、ずぶ濡れになって進んだ。

また湿ったドレスのままで寝て、朝は冷たい靴を履いた。いつまで雨が続くのか、日本の空を恨みたくなる。

能代《のしろ》で海辺から離れ、米代川《よねしろがわ》沿いをさかのぼって、ふたたび内陸に入った。腰痛がひどいうえに、連日、豪雨が収まらず、たいした距離を進めない。地元の人々によると、例年にない悪天候だという。

イザベラとイトーは笑顔も会話もなくなり、不機嫌に黙り込んで、ぬかるみの道を、のろのろと進んだ。

雨の谷間を進んでいくと、米代川が大きく蛇行するところに、小さな集落があった。家並みの中ほどに、駅逓の看板を掲げる古家があり、その軒下で、馬子たちは手早く荷物を下ろした。そのまま早口で別れを告げ、馬の手綱を持つと、急ぎ足で来た道を戻っていった。雨の中、たちまち姿が見えなくなっていく。

駅逓で乗り継ぎの馬を頼むと、主人らしき男が、しきりに頭を下げる。聞けば、ここからは、いったん船で向こう岸に渡らなければならないという。普段は渡し船が行き来しているが、今日は増水のために、役所から渡河禁止命令が出ていた。

イザベラは不審に思った。

――でも少し前に、川をさかのぼっていく船を見たわよ。乗せてくれる船は、あるはずよ――

イトーは首を横に振る。

――いや、あったとしても、やめた方がいいですよ。なにしろ役所が禁止するほど、増水して危険なんですから――

――でも現実に船が通っているのだから、平気でしょ。だいいち、こんな小さな集落じゃ、泊まるところもないわ――

イトーは少し戻って宿を探そうと主張したが、イザベラは川を渡ってしまいたかった。

――雄物川を下るときだって、船はないと言われたのに、あったじゃない。あの時、あなたは言ったわよね。私の言うことは、いつも正しいって――

川の方を示した。

――とにかく乗せてもらえる船を探しましょう。こんなところで時間を無駄にしたくないわ。雨も小降りになってきたし――

とりあえず川岸の船着場まで下ると、駅逓の主人も心配してついてきてくれた。

雨は小降りになったが、連日の大雨のせいで、米代川は茶色い濁流が逆巻いていた。それでも運のいいことに、上流から手漕ぎの小船が下ってきた。

――見てッ、船が来るわ――

小船は、すさまじい勢いで進んできた。流れに翻弄されながらも、少しずつ向こう岸に近づいていく。対岸の船着場にたどり着き、乗っていた男が降りるのが見えた。

イザベラは小躍りした。

――ほら、人を乗せているじゃない。あの船を、こっちに呼び寄せてちょうだい。きっと乗せてもらえるわよ――

イトーは気乗りしない様子ながらも、声を張り上げて船を呼んだ。駅逓の主人も両腕で手招きしながら大声をかける。

すると舳先《へさき》に立っていた船頭が気づいて、こちらに向かって漕ぎ出した。漕ぎ手は、もうひとりいて、ふたりがかりで懸命に櫓《ろ》を操る。

駅逓の主人が心配して大丈夫かと聞く。こんな日に船に乗るなど、命がけだという。

イザベラは胸を張った。

――命がけは承知よ。私は最初から、この旅に命をかけているのだから――

向こう岸を離れた小船は、いったん下流に流されたが、こちらに向かって、力いっぱい漕ぎ寄せてきた。

ずいぶん時間はかかったものの、目の前に着岸した。イザベラはイトーに頼んだ。

——この船が、どこから来たのか、聞いてくれる？——

船頭は小繋《こつなぎ》だと答えた。蛇行の上流に、もう一箇所、川が大きく湾曲するところがあり、その先だという。

小繋ならブラントンの地図にも載っている。大きな町のようだし、そこまで乗せてもらおうと思った。

だがイトーが激しく首を横に振った。

——この対岸までにしましょう。長く乗れば、それだけ危険も増します——

だが船頭は空船で戻るよりも、客を乗せて船賃を稼ぎたいらしく、しきりに乗れと手招きする。

すでに雨は上がっており、船頭たちは、せっせと荷物を小船に載せた。

イザベラは張り切って乗り込んだが、なおもイトーは不安顔だった。

船底の湿った座布団に座ると、さっそく船頭が綱を外して離岸した。蛇行の内側の方が流れが淀むからと言って、湾曲した岸際を進んだ。

イザベラは冗談めかして自慢した。

——ほら、大丈夫でしょう。私の言うことは、いつも正しいのよ——

蛇行部分を抜けると、次の蛇行手前まで川はまっすぐで、淀みはない。船頭ふたりは全身、汗みずくになりながらも、流れに逆らって漕ぎ続けた。

前方に山が迫りくる。どうやら川は、その山裾をまわって流れており、山陰の向こうに小繋があるらしい。

なんとか無事に着きそうで、ようやくイトーが安心顔に変わる。

その時だった。急に流れが速くなり、小船が小刻みに揺れ始めた。船頭は、少し先で別の川が合流するから、流れがきつくなるだけだという。

見れば北岸に支流が流れ込んでいた。船頭たちは何でもないと強がりながらも、支流の強い流れから抜け出そうと、必死の形相で櫓を漕ぐ。

なんとか急流から逃れ、小船は南岸の山裾に近づいていく。岸辺の立木の根元は、あらかた水没していた。

蛇行の内側で、いくぶん流れが緩やかになったところで、船頭は綱を投げ、水没した一本の幹に引っかけた。それを手繰って、小船を山裾の岸に寄せた。

船頭は激しく肩を上下させ、少し休ませてくれと言う。もう力がつきた様子で、ふたりとも船底に座り込んだ。

そのとき山の向こうから、突然、大きな船が姿を現した。帆柱が立っており、普段なら帆を張って走る船だが、今は帆は下ろされている。ただ流れに乗って、かなりの速さで上流から下流へと進んでいた。

帆掛船の舳先が、くるりと回転した。支流からの強い流れに押されて、舵《かじ》が利かなくなったらしい。すさまじい勢いでまわりながら、こちらに向かってきた。このままだと激突する。

こちらの船頭たちは、すぐさま立ち上がったが、逃げる余裕もない。向こうの船の方が、はるかに大型で、ぶつかったら、こちらが木っ端微塵《こっぱみじん》になるのは疑いない。

向こうの船頭の鬼のような形相が見えた。乗客は家族連れなのか、船縁には子供の姿もある。誰もが絶叫していた。

目の前に帆掛船の舳先が迫り来る。もう衝突すると、イザベラが身を硬くした時だった。舳先は、こちらの船縁をかすめて、岸辺の立木の中に突っ込んだ。

向こうの船頭は素早い身のこなしで、太綱を立ち枯れの大木に引っかけた。それでも船体は止まらず、どんどん綱が伸びて、下流方向へと流されていく。

船頭が乗客に向かって何か叫び、男たちが足元の太綱に飛びついた。七、八人が綱にしがみつくと、綱が張り詰めて、ようやく船が止まりかけた。

だが次の瞬間、イザベラは息を呑んだ。綱を引っかけた立ち枯れの大木が、真っ二つに折れたのだ。

反動で男たちは船の中に倒れ込んだ。ひとりが勢いあまって、船縁から川に転落した。男の頭は水面に見え隠れしながら、どんどん下流へと遠のいていく。船上では家族の絶叫が響くが、誰にも、どうすることもできない。

同時に帆掛船自体も流され始めたが、速度を増す寸前に、帆柱が岸辺の枝に引っかかって、ふたたび止まった。

また船頭が、周囲の立木に太綱をかけまわし、どうにか船体を固定した。船上からは泣き叫ぶ声が続いている。

イザベラは目を見張るばかりで、なす術《すべ》もない。気づけば、船縁をつかむ手がふるえ、全身が総毛立っていた。


それからイザベラたちの乗った小船は、かろうじて小繋の船着場にたどり着いた。イザベラもイトーも疲労困憊《こんぱい》で宿に入った。

イトーは、ずっと不機嫌だった。警告したのに、イザベラが無視したから、あんな不幸が起きたと言わんばかりだ。

だが帆掛船から人が落ちたのは、こっちには無関係だ。こちらの小船がいようがいまいが、向こうが制御不能になったのだから。

あまりにイトーが不満顔なので、イザベラの負けん気に火がついた。からかって、笑い飛ばしたくなった。

イトーが簡易ベッドを組み立て、寝床を用意し終えた時に、イザベラは言った。

——今日のあなたって滑稽だったわ。私は向こうの船の家族がどうなるか、それが気がかりだったけど、あなたは最初から最後まで怯《おび》えちゃって——

するとイトーは冷ややかに聞き返した。

——滑稽、でしたか——

——そうよ。自分の身ばかり気にかけて、可笑《おか》しかったわ——

重苦しい空気を、笑って吹き飛ばしたかった。

——そうでしたか。人がひとり流されて、おそらく彼は溺れ死んだでしょう。なのに笑うんですか——

——流された人は気の毒だわ。でも、あなたのことは——

イトーは途中でさえぎった。

——怯えるのが、そんなに可笑しいですか——

声が高まっていく。

——ミス・バード、あなたは小船に乗る前に言いましたね。命がけは承知だって。あなたは、いつ死んでもいいのかもしれない。でも私は死ぬわけにはいかないんです。母と妹たちを養わなければならないから。怯えるのが当たり前でしょう——

イザベラは驚いた。これほどイトーが怒りを表したのは初めてだった。

——今まで私は、せいいっぱい、あなたに尽くしてきたつもりです。でも命をかけてまで、あなたの道楽には、つき合いきれない――

預けていた財布を、ポケットからつかみ出して、イザベラの前にたたきつけた。

――預かり金を、お返しします――

旅券も書類も並べて突き返してきた。

――新潟で前払いでいただいた報酬も、帰り次第、お返しします。借金をしてでも返します。だから契約は、今すぐ解除してください――

イザベラは慌てたが、それを隠して強気で返した。

――辞めるつもり？　許さないわ。こんなところで辞めるなんて。この先、私にどうしろって言うの？――

イトーの言葉は、なおも冷ややかだった。

――ここから先、青森までは大きな街道が通っています。あなたの大事なブラントンの地図を見れば、道筋はわかるでしょう。後は『アオモリ、エキテイ、ウマ、タノミマス、イクラデスカ』を繰り返せば、ひとりでも行かれますよ――

たしかにイザベラは、その程度の単語は、すでに覚えている。

――必死になれば意味は伝わります。私は子供時代、宣教師の家に奉公に入った時から、そうしてきました――

早口でまくし立てる。

——ご存じの通り、青森から函館までは蒸気船が出ています。函館にはイギリス領事館があるし、英語の通訳を雇えるでしょう。そこまで、ひとりで頑張ってください——

厳しい口調で続けた。

——私の父は、もとは漁師でしたが、幕府に召し抱えられて武士になりました。私は武家の息子です。あなたの言う通り、侍ボーイです。生きるか死ぬかの瀬戸際に、滑稽などと馬鹿にするような主人には、いっさい従う気はありません——

——馬鹿にしたつもりはないわ。ただ、あなたが不機嫌すぎたから、冗談で笑い飛ばしただけ——

——そのくらい、わかっています。でも冗談ですませられる話ではありません。今夜、私は別の宿に泊まって、明日、東京に向かいます。だから、これきりです。お世話になりました——

勢いよく立ち上がり、そのまま大股で座敷を出て、後ろ手で音を立てて襖を閉めた。残されたイザベラは、呆然とするばかりだった。

七章　函館イギリス領事館

伊東鶴吉は、宿に入るまでは清々《せいせい》した気分だったが、寝つきが悪かった。寝床で目をつぶると、後ろめたさが湧き上がる。

本当にイザベラひとりで頑張れるのか。案内役も通訳もいない旅は、今まで以上に困難になるのは疑いない。でも苦しい旅こそが、彼女の望むところだ。だから、このままでいいのだ。

そうは言っても、イザベラが出版する本で、日本人通訳が仕事を放棄したと書かれるのは不本意だった。自分ひとりの行動で、日本の印象が悪くなるのは困る。

ならば戻るべきか。でも、あそこまで強く言い放って、今さら、どんな顔でイザベラに会うのか。それも滑稽と嘲笑った相手に。

鶴吉は迷いながら、何度も何度も寝返りを打った。それでも、ひどく疲れており、いったん眠りに落ちると、すっかり明るくなるまで目覚めなかった。

夜明け前に出発するつもりだったのにと悔いながら、宿の支払いをした。

財布の中身が心細かった。東京までの路銀には足りないし、菊名の家で待つ母や妹たちに、何も持ち帰れない。それどころか、新たな借金まで背負うことになる。

いっそ函館まで行けば、通訳の仕事があるかもしれない。ひと稼ぎしてから帰るべきか。それに彼《か》の地で、父の消息を調べるという目的もある。でも、どうせ函館に行くなら、イザベラに同行してやればよかったという気もする。

それとも仕事を求めて新潟に戻るか。いや新潟には西洋人が少なすぎて、通訳の需要などあるはずがない。

あれこれと思い悩み、行き先も決まらないまま、靴を履いて外に出た。空はどんよりと曇っているが、昨日までの雨と比べたら、ましだった。

自分の決断は間違っていないと、自分自身を励まして、とりあえずイザベラとは反対方向に行こうと決め、昨日、上陸した船着場まで行ってみた。

雨は上がったのに、川の水量は、まるで減っていない。まだ船は通っていなかった。茶色く濁った水が、とうとうと流れるのを見つめているうちに、父を思い出した。

函館を目指して船出していき、戻ってこなかった父。残された家族は、苦労を強いられた。でも置き去りにされた恨みはない。哀しみも、情けなさもない。

父は生きて帰ってくると、今も信じたいからだ。恨んだり哀しんだり、情けなく思ったりすれば、父の死を認めることになる。

それに父には家族を置き去りにするつもりは、なかったはずだ。函館で独立国を築いて、迎えに来るつもりだったのだから。

でも今の自分は、意図してイザベラを置き去りにしようとしている。父に去られた自分が、そんなことでいいのか。

宿の奉公人たちは、ベッドを解体できただろうか。できたとしても今夜、また別の宿で組み立てられるはずはない。東京のイギリス公使館で、パークス夫人から借りた時に、鶴吉ほど手際よく組み立てられた者はいないと、絶賛されたのだから。

ベッドひとつにしても、今後、どれほどイザベラが困惑することか。また日本や日本人への不平不満を、言い立てるにちがいない。

ふたたび耳の奥で父の声が聞こえた。

「与えられた役目は、誠心誠意つくして果たせ」

子供の頃、横浜の宣教師の家に耐えられなくて、父の教えに背《そむ》いた。その罪悪感は、ずっと引きずった。それを塗り替えたくて、去年はタリーズの暴力に耐えたのだ。

つい昨日まではイザベラが主人であり、過酷な道楽につきあってきた。鶴吉は誠心誠意、忠義をつくしてきたつもりだ。その努力を、ここで台無しにしていいのか。

戻ろうかと思いが募る。でも、もうイザベラは出発したかもしれない。だとしたら、それでいい。宿でも居座られては困るはずで、荷造りを手伝って、馬に乗せて追い出すに決まっている。

もう宿にはいないことを、確かめに行ってみようか。それを見極めれば、気が楽になる。そうしてから函館でも新潟でも、自分の行きたい場所に行けばいいのだ。

鶴吉は躊躇《ちゅうちょ》する気持ちを振り切って、宿に向かった。イザベラは、もう出発したはずだ。もう二度と姿を見ることはない。そう自分に言い聞かせながら歩いた。

だんだん早足になり、宿が見えた時には駆け足になっていた。そのまま玄関に飛び込むと、宿の主人が抱きつかんばかりに迎えた。

「探したんですよ。あんな異人さん、ひとりで置いていかれちゃ困りますよ。起きてから、何も動こうとしないし、こっちも手伝いようがないんです」

やはりと思った。出発したはずだと自分に言い聞かせてきた反面、動けるはずがないと想像がついていた。

座敷に入ると、イザベラは縁側に座って、庭の方を向いていた。気配に気づいて、ゆっくりと振り返り、鶴吉の姿を認めると、両方の口角を下げた。目元と鼻の先が赤くなっている。今にも泣き出しそうだった。

それを見られまいとしてか、何も言わずに、また庭の方に顔を背けた。

部屋は昨夜、鶴吉が出ていった時と、何ひとつ変わっていなかった。ベッドは解体されていないし、ドレスは鴨居にかかったままだ。返したつもりの金まで、畳の上に置かれていた。几帳面《きちょうめん》なイザベラには、今までになかったことだった。

鶴吉は昨日のいざこざなどなかったかのように、黙ってベッドを解体し始めた。イザベラに背中を向けて作業していると、背後から、か細い声が聞こえた。

——ありがとう、侍ボーイ——

語尾が少し潤んでいる。負けん気の強いイザベラから礼を聞くなど、端《はな》から期待していなかった。でも、だからこそ胸に響く、サンキューのひと言だった。


秋田県と青森県の県境に当たる矢立峠《やたてとうげ》を越えて、八月を迎えた。地図によると、十和田湖《とわだこ》の西辺りのはずだったが、またもや豪雨で、まったく眺望が利かない。

分水嶺を越えて、今度は平川《ひらかわ》沿いを下り始めたが、恐ろしい自然の力も見せつけられた。雨音しか聞こえない山中で、突然、異様な地鳴りと振動を感じたのだ。

背後で何か起きたと気づいて振り返ると、雨に霞《かす》む谷間で、信じがたい光景が繰り広げられた。動くはずのない木々が、ゆっくりと下に向かって、ずれ始めたのだ。

次の瞬間、大音響とともに、周辺の樹木という樹木が、いっせいに谷へと落ちていった。膨大な土埃が巻き上がり、何もかも呑み込んでいく。

何が起きたのか理解できず、逃げようとすら思いつかない。だいいち体が動かなかった。ただただ情景を見つめるばかりだったが、馬が騒ぎ出して、ようやく正気に戻った。

イザベラがつぶやいた「ランドスライド」という言葉が、文字通り、地滑りの意味だとわかるのにも時間がかかった。連日の大雨で地盤が緩んだのだ。

土埃が薄れるにつれて、むき出しの山肌が見えた。もう少し自分たちの進み方が遅かったら、崩落に巻き込まれていた。そう気づいた時には、全身に鳥肌が立った。

すぐ後ろが崩れたのだから、今、立っている場所が、続いて崩れないとは限らない。いっそう恐怖が襲いくる。

なんとか気を取り直し、馬子たちを励まして、山道を逃げるように進んだ。

碇ケ関《いかりがせき》という集落にたどり着き、人の気配を感じた時には、心底ほっとした。

いつものイザベラの強気は影をひそめ、雨が上がるまで、そのまま四日も滞在した。

そこからは晴れ間を選んで、北上を続け、山道を抜けた。平地に出ると人力車が雇えて、大きな町である黒石《くろいし》に着いた。

ここでも二泊して好天を待った。するとクリスチャンの学生たちが、イザベラの噂を聞きつけてやってきた。城下町の弘前《ひろさき》が近く、そこで宣教師に洗礼を受けたという。

彼らはキリスト教の話をして帰っていった。するとイザベラが改まって聞いた。

——イトー、あなたは祈らないの？——

鶴吉は率直に答えた。

——キリスト教が好きではありません。宣教師も嫌いです——

――なぜ？　何か嫌な思いでも？――

鶴吉としては話してもいいとは思ったが、その前に釘を刺した。

――この話は、私の個人的なことですから、紀行文には書かないでください――

――もちろん、書かないわ――

そこで改めて打ち明けた。鶴吉が英語を身につけたのは、軍艦乗りになった父親の意向だったと。

――まだまだ日本人のほとんどが、西洋人を毛嫌いする時代でしたが、幕府海軍は開明的で、子供に外国語を習わせる人が多かったのです。私は宣教師の家に奉公に入りました――

当初は言葉がわからずに、もたつくことがしばしばだった。それでも叱られることはなかった。

だが英語が身につくと、聖書の教えを聞かされ、洗礼を勧められた。そして断ったとたんに、宣教師の態度が変わったのだ。

――以来、ひどい言葉を投げつけられ、頬をたたかれたのも、一度や二度ではありませんでした――

イザベラは眉をひそめた。

――まさか宣教師が、そんなことを？――

――西洋人には信じがたいでしょう。でも彼らは日本人を見下しているのです――

あまりの仕打ちに我慢ができずに、とうとう宣教師の家から飛び出した。だが母と妹たちの暮らしが立ち行かない。懸命に職探しに走りまわった。

――横浜に赴任していたイギリス軍人の家で、またボーイを務めました。その一家が任期を終えて帰国する際に、推薦状を書いてくれたので、次はアメリカ公使館の下働きに入ったのです――

公使館で働き始めたときには、いつか外交官になりたいと夢を見た。そのために一生懸命に働き、必死に英語を覚えた。だが下働きから外交官に這い上がる道はなかった。それからは少しでも収入を増やしたくて、通訳の仕事を選んだのだった。

鶴吉は、もう一点、頼みごとをした。

――お願いがあるのですが――

――何かしら――

――この間、小繋で、私があなたを見限ろうとしたことも、本に書かないで欲しいのです。あの時、私は不誠実になりかけました。あなたの本を読む人に、日本人は不誠実だと思われたくないのです――

あれ以来、ずっと気になっていたことだった。

――わかったわ。あの時は笑った私も悪かったたし、もう書いてしまったけれど、清書するときに削るわ。約束する――

　頑固なイザベラが、悪かったと認めたのは意外だったが、ようやく鶴吉は安堵できた。

　黒石から青森までの間は、浪岡峠《なみおかとうげ》が最後の難所であり、そこを越えた辺りで雨が上がった。すると山並みの間から、ふいに眺望が開けた。

　足元の山が途切れたところから先に、田園が広がり、彼方には町が見えた。青森の市街にちがいなく、さらに先には海まで望めた。雨上がりの曇天を映して、鉛色の海だったが、鶴吉は胸が熱くなった。

　東京のイギリス公使館を出発したのが六月十日。それから二ヶ月で、とうとう奥州を縦断しきったのだ。

　まだ北海道での旅は続くが、とりあえずは本州の北の果てまで、無事にたどり着けた。それが心の底から嬉しい。

　イザベラも万感の思いを込めたように、つぶやいた。

　――感動の眺めね――

　まさに、その通りだった。

　しかも今、目にしている海を渡れば、もう函館だ。きっと父の消息がわかる。生きているのであれば、ひと目、会いたい。たとえ戦死していたとしても、その事実を確かめて、気持ちの区切りをつけたかった。

もし軍艦もろとも海の底に沈んでいるのなら、その場所を知りたい。そこに向かって手を合わせ、父の冥福を祈りたかった。


山を下っていくうちに、地元の人と行き合い、青森から函館行きの蒸気船は、その夜に出港すると聞いた。

そのため足を早めて青森港に直行し、慌ただしく蒸気船に乗り込んだ。意外に小型の船だった。

ハッチから階段を降りて、船室に入ってみたが、乗客たちが板敷の上に寝転んで、足の踏み場もない。息苦しいほどで、イザベラが嫌がり、ふたりで甲板に戻った。

だが出航すると、海が荒れて揺れが激しかった。船縁から波が打ち込み、飛沫を浴びて、たちまち服がびしょぬれになる。

北の海は風が冷たい。鶴吉が船長に頼んで、機関室に入れてもらった。小型船ながらも鋳物製のボイラーは、なかなかの大きさがあり、機関室全体に熱気がこもっていた。

壁際に座ると、ぬれた服から湯気が立ち始めた。函館に着くまでには、すっかり乾きそうだった。

焚き方《かた》の乗員が罐《かま》の鉄扉を開けると、ごうごうと音を立てながら、朱色の炎が燃え盛っていた。熱気が襲いくる。

鶴吉は父が乗った軍艦も、こんなふうだったのかと思う。そして、かたわらに座るイザベラに、初めて詳しく打ち明けた。

——私の父が乗っていた軍艦は、ハンリョウ丸といって、もともとはイギリス女王から日本の将軍に贈られた船でした——

——本当？　ヴィクトリア女王からの贈りものなんて、素晴らしい船に乗っていらしたのね。それでハンリョウ丸は、どうなったの？——

——函館の港に沈んだと聞いています。もしかしたら領事館の方が、沈んだ場所を知っているかもしれません——

——それは、かならずわかるわね。お父さまの消息だって、きっとわかるでしょう——

——だといいのですが——

励まされて、安堵したとたんに、旅の疲れが出て深い眠りについた。

津軽海峡の縦断には十四時間かかり、函館に入港できたのは、翌日の昼だった。

海峡に面して、函館湾が南向きに半円の口を開けている。湾口の東端には函館山がそびえ、山裾から小さな岬が北に向かって突き出していた。

岬に抱えられるようにして、もうひとつの小さな湾があり、その内側が函館港だった。

二重の入り江のため、波が静かで天然の良港だった。

そこに、ひっきりなしに大小の船が出入りする。星条旗を掲げたアメリカの捕鯨船や、ユニオンジャックのイギリス商船も停泊しており、新潟とは違って、ずいぶん活気があった。

特に北前船《きたまえぶね》と呼ばれる千石級の帆掛船が、何艘も入港していた。アイヌが採集する昆布などの海産物が、長崎を経て中国へと輸出され、外貨稼ぎの目玉になる。その輸送を担うのが北前船だった。

鶴吉たちが乗った蒸気船は、港の中ほどで錨を海に投げ入れた。小さな艀船が、わらわらと漕ぎ寄せる。その中の一艘に乗り込んで上陸した。

港町は海産物問屋が軒を連ね、大勢が行き来していた。大声が飛び交い、弁髪《べんぱつ》姿の中国人の姿も目立つ。

イザベラは、やかましいと眉をひそめつつ、珍しいことに身なりを気にし始めた。

――こんな格好で、領事館に行くのは、恥ずかしいわ――

長旅で髪は乱れ、ドレスは埃まみれだ。そのうえ昨夜、波をかぶったまま乾いたために、スカートがしわくちゃだった。でも、どうすることもできない。

船着場前には、何台もの人力車が客待ちをしていた。そこで三台を雇い、一台に荷物を載せて、あとの二台に乗り込んで、イギリス領事館に向かった。

町は函館山の裾野に広がっており、海辺から山麓にかけて、何本もの急な坂道が、せり上がっていた。

基坂《もといざか》という幅広の道が、町の中心部を貫いており、人力車夫たちは息を弾ませて、その急坂を登った。

基坂の両側には、武家屋敷風の落ち着いた建物や、植え込みのある西洋館が並ぶ。船着場周辺の喧騒《けんそう》とは異なり、行き交う人影も少なく、落ち着いた区域だった。

坂上の突き当たりには、堂々たる日本建築がそびえていた。車夫の話では、もとは幕府の奉行所だったが、今は町衆《まちしゅう》の会所として使われているという。

その左手前にある瀟洒な洋館が、イギリス領事館だった。人力車が止まるなり、鶴吉は先に降りて、ハマナスの花が咲く前庭を突っ切り、ドアノッカーをたたいた。

出てきた日本人の使用人に告げた。

「作家のミス・イザベラ・バードがおいでです。東京の公使館から連絡があったはずですが」

すると奥から西洋人の女性が、少し癖のある日本語を口にしながら、飛び出してきた。

「イッ来ルカト、待ッテマシタヨォ」

そして玄関の外でイザベラの姿を見るなり、駆け寄って両手で握手をした。領事であるリチャード・ユースデンの夫人だと、英語で名乗る。すぐに女性ふたりで打ち解けた。

イザベラは笑顔で鶴吉を振り返った。

——イトー、あとは自由にしていいわ——

——それじゃあ、新潟から送った荷物が届いているか確かめて、それから自由にさせてもらいます——

鶴吉は坂下へと駆け出し、去年、世話になった勝田旅館に直行した。

イギリス女王から贈られた軍艦の件を、領事館で確かめるのを忘れたが、船着場の近辺で聞き合わせればいい。あれだけの人出があるのだから、事情を知る人に巡り合えそうだった。

勝田旅館は船着場の向かいにある。主人の勝田弥吉に荷物の件を話すと、小首を傾げつつも、愛想よく答えた。

「新潟からの荷ですか。まだ届いていませんけれど、そういうことなら、受け取り次第、イギリス領事館の方に運びますよ」

勝田は鶴吉の顔を覚えていた。

「そういえば、去年、うちに一緒に泊まったタリーズさん、今年は、あなたを雇えなかったって悔しがっていましたよ」

鶴吉は思わず眉をひそめた。

「彼は、もう函館に来たんですか」

「ええ、うちに荷物を置いて、今は遠出をして、また花やら木やらを探してますよ。今年の通訳は使いものにならないって、ついこの間、うちの部屋で殴る蹴るの大騒ぎで、結局、東京から連れてきた通訳には、逃げられてしまったんです」

函館で新しい通訳を雇ったものの、もっと使いものにならなくて往生《おうじょう》しているという。

鶴吉は慌てて口止めをした。

「勝田さん、どうか私が来たことは、彼には内緒にしてください」

勝田は心得顔でうなずいた。

「わかりました。あの人に見つかったら、ただじゃすみませんものね」

「あの、それから」

「何でしょう」

鶴吉は思いきって本題に入った。

「去年も聞きたかったんですけれど、九年前の箱館戦争で、幕府方として戦ったハンリヨウ丸という軍艦のことを、調べているんです」

勝田は首を傾げた。

「ハンリョウ丸ですか。聞いたことのない船名ですね」

「もともとはイギリスから将軍家に贈られた軍艦なんです。三本帆柱の綺麗《きれい》な蒸気船で」

「軍艦の出処《でどころ》までは、ちょっとわかりませんねえ。それに榎本《えのもと》軍も新政府軍も、たいがい軍艦は三本帆柱ですし」

旧幕府艦隊が榎本軍と呼ばれていることを、鶴吉は初めて知った。幕府海軍の重鎮だった榎本武揚《たけあき》が、艦隊を率いてきたという。

「じゃあ、伊東長次って知りませんか。榎本軍の軍艦乗りだったんです。私の父親なんですけれど、生きているか、死んだのかもわからなくて」

「そうですか。あの時は千人も戦死者が出たし、ひとりずつの名前まではねえ」

それでも勝田は親身になって教えてくれた。

「港から一里ほど内陸に、五稜郭《ごりようかく》という洋式の城郭があるんですよ。基坂にあった奉行所が西洋の軍艦から狙われたら、一撃でやられるっていうんで、函館の開港後に新しく造って、奉行所を移したんですけどね」

幕府崩壊後まもなく、五稜郭は新政府側に引き渡されたという。浦賀奉行所が新政府のものになったのと同じだった。

だが、その後、旧幕府海軍の最新軍備を引き継いだ榎本軍が、総勢三千五百人ほどで上陸し、新政府側の役人を追い出して、五稜郭を占拠した。函館の町と港も、彼らの支配下に置かれた。

函館には欧米各国の領事館があり、榎本軍は各国領事に対して、一時は独立国の建国を宣言するほどの勢いがあった。

しかし冬の悪天候で軍艦を次々と自沈させてしまい、力を失った。世界最大級を誇った旗艦、開陽丸も、停泊中に北風にあおられ、暗礁に乗り上げて破船したという。

鶴吉は、東洋一を誇った旧幕府艦隊が、どうして負けたのか、ずっと疑問だったが、ようやく謎が解けた。

船の世界では、天候予測が大事だ。その点、父は優れていたが、こんな北の冬空には通じていない。おそらく天候予測ができる者がひとりもおらず、嵐に巻き込まれて、軍艦を自沈させてしまったにちがいなかった。

勝田は気の毒そうに言う。

「冬の間は港に入ってくる船が少ないんで、町衆も様子見だったんですが、年が明けて明治二年の雪解けの時期になると、榎本軍は邪魔者扱いされ始めたんですよ」

新政府軍の軍艦が攻めてきて、海戦になると噂された。そのため例年なら続々と入ってくるはずの北前船が、入港を避け始めたのだ。船が来なければ、町衆は商売にならない。

北前船は松前《まつまえ》や江差《えさし》など、別の港に向かい始めたが、そちらが混雑して、いずれ入港できなくなるのは明らかだった。

「五月になって、いよいよ新政府の艦隊が現れると、町衆の中には、そちらに味方する者も現れたんですよ。榎本軍を早く追い払おうと、弁天台場《べんてんだいば》に忍び込んで、大砲の着火口に釘を打ち込んで、発射できなくしたんです」

弁天台場は港を取り囲む小さな岬の突端にあり、そこの大砲を使えなくしたのだ。すると榎本軍は港を守りきれなくなった。

それを機に、新政府の軍艦が港へと攻め入り、激しい砲撃戦の末に、榎本軍は敗北を喫したのだという。

「海戦の決着がついてからも、陸戦は続いたんですが、艦隊を失った榎本軍に、もう力はありませんでした」

その後、新政府側からの勧告に応じ、残っていた者たちが五稜郭を開城した。城外で投降した者もいて、全部で二千人近くが投降したはずだという。

「その人たちは青森に連れていかれて、あっちのお寺に、しばらく収容されていたようですが、それぞれの地元に帰されたと聞いています」

鶴吉は唇をかんだ。そんな状況でも、父は帰ってこなかったのだから、戦死の可能性は低くはない。

「戦死した人が、どうなったのか知りませんか。海戦で死んだのなら、今も海の底に沈んだままなのでしょうか」

勝田は首を横に振った。

「新政府側から遺体は放っておけと命じられたんですけどね。でも、そのままじゃ船の行き来に困るし、たしか町衆が金を出して、任俠《にんきょう》の人たちに集めさせたはずですよ」

「集めて、その後は？　どこかに葬ってもらえたんですか。任俠の人たちに会って、詳しく話を聞けないでしょうか」

とたんに勝田の口が重くなった。

「どうでしょうね。なにせ新政府に禁じられたことなんでね。ただ」

「ただ？」

「柳川組《やながわぐみ》っていう親分のところなら、何か、わかるかもしれません。火消しとか、沖仲《おきなか》仕《し》の手配とかをやってる組です。でも、うちから聞いたとは言わないでくださいね。とにかく、この件は表沙汰にはできないんで」

鶴吉は深くうなずいた。

それにしても父の属した榎本軍が、町衆に迷惑がられていたというのは大きな衝撃だった。しかも遺体になってからも邪魔にされたのだ。

新政府によって賊軍扱いされていたのは承知していた。でも地元からもとは、思いもかけなかった。

イギリス領事館に戻って、新潟からの荷物が、まだ届いていないと、イザベラに報告した。

するとイザベラが笑顔で言った。

――荷物のことより、あなたのお父さまが乗っていた船が、わかったのよ。エンペラー号ですって――

そのまま領事のリチャード・ユースデンに引き合わされた。

ユースデンは立派なもみあげを蓄えつつも、目元が優しく、穏やかそうな風貌だった。幕府崩壊の前年から函館に赴任しており、実際に海戦を見たという。

――エンペラー号は、もともと、わが国が幕府と通商条約を結ぶ際に、将軍に贈った蒸気船だった――

鶴吉は胸が高なった。父から聞いていたことと同じだったのだ。

ユースデンは記憶をたどりながら語ってくれた。

――あの海戦のとき、エンペラー号は榎本軍の軍艦として果敢に戦った。最後は港の浅瀬に座礁させて、大砲を打ちまくったのだ――

船体が固定されると、海上に浮かんでいるよりも、砲弾の命中率が上がる。そのため、あえて座礁させて台場代わりにするのが、最終的な戦術だという。

――だからエンペラー号は座礁しただけで、沈んだわけではない――

予想外の話だった。

――沈んだわけではないって、それじゃあ、その後、どうなったんですか――

――もともと、わが国の王室御用船だし、イギリス人の貿易商が惜しんで、蒸気船で引いて離岸させた。きわめて造りのいい船だったし、さほど傷みもひどくなかったので、そのまま上海まで引いていって、修理したはずだ。今は上海や香港辺りで、商船として使われている――

鶴吉は食らいつくように聞いた。

――そのまま上海まで行った日本人は、いなかったでしょうか――

――それはどうかな。放棄された船を得た時点で、イギリス船籍になったから、乗船するなら領事館の許可が必要だ。もし船内に潜んでいたとしたら、密航になる。ただし、その可能性も皆無ではない――

もしかしたら父は生きて上海に渡ったのではないか。いよいよ胸が高なる。

――でも君の父上が戦死していた場合は、柳川組が遺体を回収したはずだ――

ユーステンは勝田と同じことを言った。鶴吉は落ち着こうと、胸に手を当てて答えた。

――わかりました。とにかく柳川組に聞きに行ってみます――

もう遅いから明日にしたらと勧められて、鶴吉は眠れぬ夜を過ごした。そして翌朝、柳川組の詰所の場所を確かめて、また坂下に走った。

詰所は船着場近くの大きな町家だった。鶴吉が駆け込むと、中にいた男たちが、いっせいに鋭い目を向けた。土間に面した板の間で、朝からサイコロ賭博に興じていたらしい。

全員が手を止めて、こちらを凝視し続ける。鶴吉は腰が引けそうになるのを堪《こら》えて、せいいっぱい胸を張った。

「私は伊東鶴吉といって、イギリス領事館に世話になっている英通詞だ。海戦の時に、最後まで戦ったハンリョウ丸と、その時に戦死した者の行方を知りたい」

するとサイコロを振っていた男が、顎をあげ気味にして言った。

「ハンリョウ丸？　そんな船は聞いたことはねえなァ」

「そんなはずはない。英語ではエンペラー号だ。最後は座礁して、台場状態になって戦った榎本軍の軍艦だ」

男はサイコロを手の中で転がしながら聞いた。

「あんた、本当に通詞かよ？　東京から来た役人じゃねえだろうな」

鶴吉の洋服姿から、そう怪しんだらしい。

「違う。伊東長次という私の父が、その軍艦に乗っていたんだ。それで戦死したのかどうか確かめたいんだ」

しかし男は疑いの目を改めない。

「とにかく、俺たちは何にも知らないね。おととい来いってんだッ」

板の間に座っていた男たちが、いっせいに立ち上がった。鶴吉に向かって肩をいからせて、一歩二歩と近づいてくる。

思わず後退《あとずさ》り、恐怖に勝てずに外に走り出た。背後から高笑いが聞こえる。悔しかったが、どうすることもできない。

それからハンリョウ丸について、あちこちで聞きまわった。だが何の収穫もなかった。

また勝田旅館におもむいて、状況を打ち明けると、主人の勝田が怪訝顔で聞く。

「お父上の乗っていたのは、バンリュウ丸ではありませんか。最後まで戦った船ならバンリュウ丸です」

聞き違いかとも思ったが、鶴吉には納得がいかない。父はたしかに、ハンリョウ丸と呼んでいたのだ。

勝田は気の毒そうに言う。

「もしバンリュウ丸だとしたら、お気の毒ですが、戦死されたかもしれません。乗り手の方たちは、たくさん亡くなられたし」

「ならば、やはり任俠の者たちの世話になったのでしょうか。でも、なぜ柳川組では何も教えてくれないのでしょう」

「新政府の命令に反したので、今でも警戒しているのでしょう」

それに町衆は、おおむね新政府寄りだったし、榎本軍のために働いた柳川組は、孤軍奮闘だったという。

「集めた遺体は、どこかに埋葬したようですが、それが、どこなのか、柳川組では口が固いんです。新政府の関係者に、墓を荒らされるんじゃないかと警戒して」

結局、何も確かめることはできない。バンリュウであろうと、ハンリョウであろうと、これ以上は無理かもしれなかった。

それでも鶴吉は、父が生きているという望みに、すがりたい。しかし現実には、かすかだった望みは、いよいよ消え入りかけていた。


翌日も手がかりを求めて町を歩きまわり、イギリス領事館に戻ると、イザベラが硬い表情で聞いた。

――お父さまのこと、何かわかった？――

鶴吉は力なく首を横に振った。

――戦死したのかもしれませんが、何も確かめられませんでした――

――そう、それは気の毒だけれど、そろそろアイヌの村に向かいましょう――

急な出発は意外だった。イザベラは不機嫌そうな顔をしている。

――何か、不都合がありましたか――

鶴吉がたずねると、厳しい口調で聞き返された。

――あなたは横浜で、私に雇われるときに、嘘をついたわね？――

――嘘？――

――タリーズ氏のことよ。この夏も彼のガイドを引き受けていたそうね？　彼が、ついさっき領事館に来たのよ――

鶴吉は慌てて否定した。

――それは口約束です。契約していたわけではないし――

自分が函館にいることを、どうして知ったのか。勝田が言いつけたとは思えないが、宿の奉公人の口から漏れたのかもしれない。

――彼は、あなたを雇えなくて、とても困っていたわ。植物採集の方法を、詳しく教えてやったのにって、ずいぶん残念がっていたし。私はお金で、あなたを釣ったみたいで、立場がなかったわ――

鶴吉は、むっとして言い返した。

――植物採集の方法を教えて欲しいと、頼んだ覚えはありません。私は、あなたの身のまわりの世話をするのと同じように、ボーイとしての務めを果たしただけです――

――でもタリーズ氏は、あなたを一年くらい、上海や台湾に連れていくつもりなんですってよ。悪い話じゃないわ――

――私は日本語の通訳ですよ。中国語はできないし、そんなところに行く気はありません――

――よく聞きなさい。彼は、あなたを植物学の専門家として育てようとしているのよ。あなたは、まだ若いし、次のステップに進めるチャンスじゃないの――

鶴吉としてはタリーズから、どんなにひどい仕打ちを受けたか、何もかもぶちまけてしまいたい。でも当人のいないところで、悪口は言いたくなかった。

イザベラは眉根を寄せて言う。

――とにかくタリーズ氏に、あなたを返さなくちゃならないわ。寒くなる前に、台湾に渡りたいんですって。だから私たちは明日にでも出発して、寒くなる前までには函館に戻ってきましょう――

その頃には新潟からの荷物も届いているだろうし、函館からは横浜まで直行の蒸気船に乗るから、もうイザベラひとりで大丈夫だと言う。

鶴吉が、まだ納得のいかない顔をしていると、イザベラは、さらに説得にかかった。

――タリーズ氏には、あなたが必要なのよ。私に必要だったのと同じように――

こんな時に言い返せないのが、自分の欠点だとはわかっている。悔しくてならなかったが、ふと思いついた。

寒くなる前に函館に戻るという期限があった方が、むしろ、いいかもしれない。そうでなければイザベラは、いくらでも奥地に進みたがる。そうなると冬になってしまい、今度は凍死の危険さえありうる。

タリーズに雇われるかどうかは、戻ってから決めればいいことで、まずはアイヌの村への訪問を片づけてしまおう。

とりあえず嫌なことは頭から追い払い、大股でイザベラの鞄に近づいて、いつものように手早く荷造りを始めた。

ユースデン領事が、どこの駅逓でも便宜を図ってもらえるよう、特権的な旅券を、改めて函館の役所に申請した。

それが交付されるまで丸一日かかると聞いて、イザベラは単独行動を提案した。

——いずれは、あなたと別れて、ひとり旅になるのだから、今のうちに試しておきたいわ——

鶴吉は心配だったが、イザベラは言い出したら聞かない。それに領事館の馬丁たちは、片言ながらも英語を話す。彼らに馬を引かせ、函館から北上して、大沼《おおぬま》で落ち合うことにした。

ブラントンの地図を見ると、北海道全体は巨大な四角形を、斜めにしたような形だった。その南西角から南に向かって、拳銃のグリップのように突き出すのが、大きな渡島《おしま》半島だ。グリップの内側には、噴火湾が半円形の弧を描く。

グリップの尻に当たる部分に函館がある。函館の北方向には駒ヶ岳《こまがたけ》がそびえており、その山裾にある湖沼が大沼だ。

翌日、鶴吉は旅券を入手すると、ひとりで馬を走らせた。北海道の原生林は、もう秋の気配だった。白樺《しらかば》の葉は黄色く染まり始め、赤トンボが飛ぶ。

予定通り大沼で追いついた。再会したイザベラは、駒ヶ岳の雄大な眺めと、森に囲まれた静かな水辺が気に入り、そのうえ単独行動ができたことで、いたく満足していた。

合流してから、駒ヶ岳の山裾をまわって、噴火湾沿いに出ると、森《もり》という町があった。そこから小さな蒸気船が湾を横切って、対岸の室蘭《むろらん》まで運行している。

船待ちの客相手に、芸者置き屋や遊女屋が軒を連ねていた。そんな町並みを見ると、イザベラは不道徳だと言って、かならず不機嫌になる。

三味線の派手な音や、酔客の大声も大嫌いだ。機嫌がよかったと思うと、すぐに変わり、気分屋なのは相変わらずだった。

そんな状況ながらも、翌日の午後には、森から室蘭行きの蒸気船に乗り込んだ。

津軽海峡を渡った時と同じく、船室はいっぱいだった。しかし特権旅券を見せると、すぐに舳先下の小部屋に案内された。

ただし、そこは太綱などの船具置き場で、かなり息苦しく、日が暮れるまでは甲板で過ごすことにした。

出港すると、目の前に穏やかな噴火湾が広がった。後ろを振り返れば、遠のいていく駒ヶ岳の山影が美しい。

北の空は、見たこともないほど青が濃く、湿気にも暑さにも無縁だった。太陽が西に傾き始めて、船上の何もかもを朱色に染めた。

甲板に腰を下ろしていた鶴吉のかたわらに、イザベラが座って言った。

——お父さまのこと、残念だったわね——

函館で、ろくに話も聞かずに、タリーズの件で問い詰めたことに、少し後ろめたさを感じているらしい。

鶴吉は強がって答えた。

——戦死は覚悟していました。生きているのに帰ってこないとしたら、こちらで新しい家庭を築いているか何か、そんな理由しか考えられないし——

もしも、そんなことになっていたなら、母に伝えようがない。

——でも上海に密航した可能性も、ないわけではないのでしょう。だったらタリーズ氏と一緒に上海に渡ってみたら？——

鶴吉は黙り込んだ。たとえ上海に行ったとしても、去年、函館に来た時と同じで、自由時間をもらえるとは思えない。

それに上海まで行ったとして、そこでも父がいないという現実を、突きつけられるのが怖かった。いっそ、いつまでも望みを捨てずにいたい。

気詰まりになって話題を変えた。

——ところでミス・バード、あなたは何故、アイヌの村に行きたがるのですか——

去年、タリーズと北海道を旅した時に、鶴吉はアイヌについて、よくない噂しか耳にしなかった。

彼らは大酒呑みのうえに、働く気がない怠け者で、礼儀知らずだという。文字を持たないから、学校も寺子屋もない。

金属加工の技術がないから、刃物が作れず、主な武器は毒矢だった。それでは鉄砲はもちろん、和人《わじん》の槍《やり》や刀には太刀打ちできない。そのために和人に従うしかないという。

タリーズはアイヌには興味を持たなかったし、鶴吉も、わざわざアイヌの村など訪ねていく意味がわからない。

——ミス・バード、私は、あなたが奥州の田舎に行きたがった理由も、いまだに理解できません。できれば、あんな不潔な暮らしぶりを、私は見て欲しくなかったし、本に書くなど、なおさらです。西洋人に知られたくはありません——

イザベラは夕日の海を見つめたままで、口を開いた。

——イギリスにだって、不潔な町は、いくらでもあるわ。読み書きのできる人は、東京の方が、ずっと多いし。日本には、西洋人に知られて恥ずかしいことよりも、知られて誇らしいことの方が、むしろ多いと思うわ。私は事実を書きたいだけ——

スカートの上から両膝を抱えた。

——私が子供の頃に腰痛に悩まされていたことは、前に話したわよね。十代になると不眠症まで重なって、本当に苦しかったわ。そんな時に医者から船旅を勧められて、思いきって出かけたんだけれど、すぐに効果が現れたわけじゃないのよ。四十歳を過ぎてからハワイに向かった時に、船内で急病人が出て、その介抱を手伝ったの。おろおろしながらも、私が人の役に立てたの。そんなこと初めてだったから、嬉しくて——

その夜から、よく眠れて、朝になったら腰痛が消えていたという。

——不思議でしょう。腰に問題を抱えているのは、今も変わらないけれど。でも不眠症は心の病だったのよ。何か夢中になることが起きると治るの。それも厄介なことほど、私には薬になるの。妙な話だけど——

ハワイではポリネシア系の人々の心根に触れて、心身ともに癒されたと話す。

——それで彼らのことを広く知らせたくて、旅行記を書いたの。それが本になって好評で、今に至るってわけ——

イザベラは話し終えても、ずっと前を向いていた。その頬は夕日で薔薇色《ばらいろ》に染まり、思いがけないほど美しく見えた。

鶴吉には旅の意味が、すべて呑み込めたわけではない。ただ少しずつ理解は深まり、イザベラとの距離が縮まるのを感じた。


ブラントンの地図によると、室蘭から東方向の海岸線は「へ」の字型になっている。内陸に切れ込む「へ」の字の頂点が苫小牧《とまこまい》で、への字の東端が襟裳岬《えりもみさき》だった。

その海岸沿いに進むことにしたが、駅逓で馬が用意できなかったり、人力車はあれども引き手がいなかったり。ようやく現れたと思えば子供だったり、無礼な荒くれ男たちだったりと、まだまだ波乱は続いた。

白老《しらおい》というところまで行くと、大きなコタンがあった。アイヌ語でチセと呼ばれる家は屋根も壁も茅葺きで、高床式の倉もある。チセが何軒か寄り集まった集落がコタンであり、水辺や森の中に点在していた。

イザベラはコタンを訪ねてまわり、家に泊まりたがった。和人の言葉ができる者もいて、鶴吉が交渉したが、泊まるどころか、家の中にも入れてもらえない。暮らしが苦しくて、もてなせないというのだ。

たまたま出会った和人が言った。

「山の方で暮らすアイヌなら、泊めてもらえるかもしれませんよ。彼らは、そう貧しくはないし。平取《びらとり》ってところに、山アイヌの大きな集落があるんです」

アイヌには山アイヌと海アイヌがいて、生活様式が少し異なるという。そこで平取を目指すことにした。

「へ」の字の頂点に当たる苫小牧は、内陸の札幌《さっぽろ》に向かう街道と、海岸沿いに襟裳岬方面に向かう道とに分岐する。ほとんどの旅人が札幌に進み、平取に向かう海岸沿いの道は、めっきり人影が失《う》せた。

曇天の下を進んでいくと、荒涼とした景色が現れた。強い海風によって、薄茶色の砂山が築かれ、その間を川がうねうねと蛇行する。海は波が高く、砂浜に打ち寄せては、白い泡となって砕け散る。聞こえるのは、風と波の音だけだ。

そんな浜辺に突然、黒々とした小屋が現れた。かなり横長の建物で、近づいてみると人の気配はなく、ただただ寒々しい。

鶴吉が何度も声をかけると、和人の男がひょっこり顔を出した。聞けば、そこは鰊《にしん》漁《りょう》の番屋《ばんや》だった。

毎年春先に、鰊の大群が浜に押し寄せる。それを目当てに、ヤン衆と呼ばれる男たちが、青森辺りから出稼ぎに集まってくる。番屋は彼らの宿泊施設だった。

採れた鰊は食用ではなく、油を搾るのが主な目的だった。魚油は菜種油よりも安価で、庶民の灯りのために使われる。油はもとより、搾りかすも北前船が大阪まで運ぶ。綿畑に肥料として撒かれるのだ。

イザベラは眉をしかめた。

――漁の時期には大勢が暮らすんでしょうけれど、季節外れの今は、何だか幽霊屋敷みたいね――

そんな表現が、いかにもしっくり来る場所だった。

さらに海岸沿いを進んでいくと、沙流川《さるがわ》の河口に出た。そこからは内陸に入って、川沿いをさかのぼった。今や白樺だけでなく、板屋楓《いたやかえで》などの広葉樹も、色づき始めている。

沙流川と、その支流域にかけての高台に、いくつものコタンが現れ、そこが平取だった。

海アイヌのコタンでは、茅が崩れかけた家も珍しくなかったが、こちらでは、そんな建物は見当たらない。どのチセも、しっかりできていた。

歩きまわっているうちに、和人の言葉が通じる若者に出会った。鶴吉がイザベラの素性《すじょう》を説明し、宿泊を頼むと、ひときわ大きなチセに案内された。

それはベンリという長老の住まいだった。ベンリは快く迎えて、宿泊も承諾してくれた。白い髭《ひげ》を長く伸ばし、独特の縫い取りがある服を着ていた。

和人の言葉を使う若者はシノンデといって、ベンリの甥《おい》だった。立ち振る舞いが、きびきびして気持ちがいい。

チセの中に入ると、丁寧に編まれた筵《むしろ》が敷き詰められ、中央に細長い囲炉裏が設けられていた。囲炉裏の正面の一段高い場所に、熊の毛皮が広げられており、そこにイザベラは導かれて座った。

鶴吉も隣に座るよう促された。ベンリたちが噂とは異なり、礼儀正しいのが意外だった。大勢が集まってきて見物したり、いつまでも凝視したりという無作法もない。

女たちはイザベラに笑顔で挨拶した後は、ごく当たり前のように自分たちの仕事に戻る。機織《はたお》りや料理など、せっせと働き続ける。鶴吉は、どこが怠け者なのかと、聞いていた噂に首を傾げた。

ただ酒豪であることは確かだった。夕方になると、猟に出ていた男たちが帰ってきて、酒盛りが始まった。

酒が強く、いくら呑んでも酩酊《めいてい》しない。和人のように酔っ払って騒いだりせず、低い声で語らいながら飲み続ける。

女たちは踊りを披露してくれた。口でくわえて音を出す小さな琴や、独特な太鼓を使って不思議な音楽をかなで、輪になったり離れたりして、ゆっくりと踊る。

音楽も踊りも、どことなくもの哀しい。イザベラは三味線のように、やかましくないから好きだという。

そんな宴席で、イザベラは海辺で暮らすアイヌと、この辺りのアイヌの豊かさの違いが、どこから生じるのか聞いた。

それを鶴吉が日本語に訳し、シノンデがアイヌ語にして、ベンリが答えた。さらにシノンデが日本語で、鶴吉に返す。

「私たち山アイヌは、山や川から食べものを手に入れます。女たちは春になると山菜を採り、夏の間は、チセのまわりの畑で黍《きび》や青菜を育て、秋には木の実やキノコを集めます。男たちは山に狩りに入ったり、川魚を獲ったり。でも獲り尽くすことは、ありません。神に感謝して、先々のために残しておくのです」

熊や小動物の肉や川魚は、囲炉裏の上に吊るして燻《いぶ》し、冬の間に少しずつ食べるのだという。

これに対して海アイヌは、海で魚や貝を獲る。彼らにとって大きな海の恵みのひとつが昆布だった。北海道沿岸では質のいい昆布が採れる。

古くから和人は、物々交換で昆布を手に入れてきた。その対価として、アイヌが欲しがる酒や刃物や漆器や古着などを、コタンに持ち込んだ。

昆布は関西で、だし汁のもととして好まれた。しだいに中国でも昆布が珍重され、長崎から輸出されるようになった。

和人は輸出量を増やそうと、大量の昆布を求め続けた。その結果、近海の昆布は採り尽くされ、枯渇してしまったという。

「今では夏の間は、和人が海アイヌの男たちを遠い島々に連れていって、昆布を採らせています。だから海アイヌのコタンは、女子供と年寄りばかりです」

男たちがコタンに帰ってくる頃には、もう雪の季節になって、壊れた家も直せないのだという。

「もともと鰊漁も、海アイヌの仕事だったのですが、そんなわけで人手が足らなくなり、和人が出稼ぎに来るようになったのです」

一方、山アイヌは和人から必要なものを得る際に、毛皮や、貴重な薬種である熊《くま》の胆《い》など、猟で得たものを提供する。

熊はアイヌの神のひとつであり、頑丈な檻《おり》で飼うコタンもあるという。母熊と一緒に冬眠していた仔熊を連れてきて飼育し、成長してから熊送りの儀式を経て、神の世界に返す。そして獲物としていただくという。

「山の幸は、昆布のように採り尽くすことがありません。だから昔からの暮らしを続けられるのです」

鶴吉は話を聞いて、和人がアイヌを怠け者と見なした理由に気づいた。アイヌたちは自分たちが必要な量だけ取って、後は残しておく。その欲のなさが、おそらく和人には「働く気がない」と見えてしまうのだ。

翌日もアイヌの暮らしぶりを見た。イザベラは女たちの機織りに興味を示した。

布にする材料は、春の芽吹きのころに山に入って、樹木の皮を剝《は》いで集めてくる。外皮の下の薄皮を、何層にも薄く剝がし、さらに細く細く裂いていく。

糸ほどの細さまで裂けたら、端を結んで一本に繫げ、糸玉として巻き取る。それを縦糸として織り機に通す。

織り機は和人のものとは異なり、外枠がない。横板に四百本もの縦糸を通し、端を、ひとまとめの束にして、地面に打ち込んだ杭《くい》に引っ掛ける。織り手は杭から離れ、縦糸を長く張って座る。そうして自分の腰に横板を固定し、手元で織っていくのだ。

機織りは昼間の屋外作業だった。日が暮れたり、雨が降ったりしたら中断し、糸束を杭から外して、家の中に取り込む。

織り上がった反物は、冬の間に衣服に仕立て、背中や袖口に独特な模様をあしらう。和人から手に入れた古着をほどいて縫いつけたり、凝った刺繡《ししゆう》を施す。

女たちは赤い布を欲しがった。薄茶色の樹皮の反物に、端切れを縫いつける際に、ところどころに赤を小さく配置すると、見栄えがするのだ。

イザベラがアイヌの美意識を絶賛して、赤いハンカチを与えると、女たちは歓声をあげて喜び、何度も何度も礼を言った。

一方、男たちは木彫りが得意だった。特に小刀の鞘《さや》と柄《え》は手が込んでいた。一枚の板から形を削り出し、表面に渦や唐草、鱗《うろこ》模様など、細かい意匠を彫っていく。長い冬に少しずつ進める手仕事だった。

三日目の朝、出発間際に女たちがイザベラに、ハンカチの礼だと言って、布製の小袋を差し出した。衣服よりも、なお細かい刺繡が施されており、イザベラは眉をあげて喜んだ。

「ヒオーイオイ」

覚えたばかりのアイヌ語で礼を言うと、笑顔が返ってきた。

シノンデは鶴吉に小刀を差し出した。

「女たちの作ったものは、夫以外の男には渡せないから、これを」

細かい彫刻が施された小刀だった。鶴吉は驚いて首を横に振った。

「こんな大事なものはもらえない。私は何もしていないし。手放してもいいものなら、どうかミス・バードに」

だがシノンデは押しつけてくる。

「あなたは私たちを馬鹿にしなかった。そんな和人は初めてだから」

鶴吉は、そうではないと言いかけた。だがイザベラが察して制した。

――もらいなさい。せっかくの贈りものなんだから――

鶴吉は申し訳なく思った。自分は当初、和人の噂を信じて、アイヌを下に見ていた。

だいいち、こんなに大事な贈りものを受けるほどのことはしていない。

もういちどイザベラが言う。

――あなたがアイヌを見直した気持ちが、彼らに伝わったのよ――

鶴吉は正直に話すことが良策ではないと気づき、シノンデに向かって小さくうなずいた。

「わかった。それじゃあ、もらうよ。ありがとう。ヒオーイオイ」

鶴吉のアイヌ語にも、皆が笑顔になった。

それでも騙《だま》しているような感覚が残り、少し心が痛かった。

平取を離れて沙流川の河口まで戻ると、イザベラが言った。

――これ以上、先に進むと、タリーズ氏との約束に遅れるから、ここから引き返しましょう――

歩いてきた海岸沿いを、函館方面に戻ることにした。

潮風が吹く中、アイヌの馬子が先を歩き、鶴吉はイザベラと馬を並べて進みながら話した。

――なんだかアイヌの人たちが可哀想《かわいそう》になりました――

イザベラが意外そうな顔で聞き返した。

――なぜ？――

――だって和人に見下されて、特に海アイヌの人たちは、夏中、家族と離れ離れにされて、遠い島に連れていかれて働かされて。それでも貧しくて――

イザベラは少し首を傾げた。

――あなたの優しい気持ちはわかるけれど、それを安易に可哀想と言うのは、少し違うと思うわ――

ちょうど見えてきた鰊漁の番屋を指さした。

――鰊の時期になると、あそこには青森辺りの村々から、男の人たちが大勢、働きに来るそうね。その人たちも家族と離れ離れだけれど、あなたは可哀想だと思う？――

――思いません。それは彼らが望んでくるからで、連れていかれるのとは違います――

――そうかしら。家族を養うために、家族と離れて働く気持ちには、変わらないんじゃない？――

さらにイザベラは思いがけない指摘をした。

――あなたのお父さまは軍艦に乗られていたのなら、長く家を空けることがあったでしょう。あなた自身だって、家族のために、こうして長い旅に出ている。こういう働き方を、可哀想って同情されたら、あなた、腹が立たない？――

鶴吉は反論できなくなって黙り込んだ。

——同情するのは、その人たちよりも、自分が格上だと思い込んでいるからでしょう。それこそが人を見下す態度じゃないかしら——

たがいに対等だと思ったら、可哀想などという言葉は出てこないはずだという。

——あなたは以前、私に言ったわよね。田舎の貧乏で無知な日本人を、イギリスで嘲笑いたいのかって。そんなに優越感に浸りたいのかって——

——たしかに言いました。でも今はわかります。あなたに、そんな意識はないと——

——そう。それなら、いいけれど——

イザベラは一瞬、表情をゆるめたが、また毅然とした口調に戻った。

——それに、あなたは何度も言ったわ。貧しい日本を、本に書かれるのは恥ずかしいって。でも貧しさ自体は恥ではない。恥ずかしいのは、他人を見下す人がいることよ——

まさにその通りで、なおも鶴吉には言葉がなかった。

——アイヌの人たちはね、あらゆるものに神が宿ると信じている。自然を尊んで、すべてのものに感謝する。それって素晴らしいと思わない？　男たちの木彫りも、女たちの刺繍も素晴らしい文化だと思う。そんな彼らを、私は哀れむ気持ちにはなれないわ——

鶴吉は黙ったまま、小さくうなずいた。

——武力で他民族を従えて、自分たちが偉いって思い込む人は多いわ。イギリス人だって、そういう愚か者はたくさんいるし。拳銃や精巧な大砲など、まだまだ日本では作れない武器を、イギリスでは作れる。だからイギリス人は偉くて、日本人は劣ってるって思い込んでる。そんな同胞がいることこそ、私には恥ずかしいわ――

イザベラは寂しげに微笑《ほほえ》んだ。

――自国を誇るのは悪いことではないけれど、でも自惚《うぬぼ》れたり、人を見下したりするのは、やっぱり間違っている。私が本を書くのは、そう訴えたいからよ。それぞれに文化があって、人は対等だってことを、本で伝えたいの――

イザベラの言葉が、少しずつ鶴吉の心に沁みてくる。子供の頃に奉公した宣教師や、タリーズから見下されたからこそ、深く共感ができた。

――以前、ロッキー山脈に行った話はしたかしら。山アイヌは、そこで出会った開拓の人たちと、どことなく似ているのよ。山で猟をするような素朴な暮らしに、私は魅力を覚えるの。だから旅を続けるのよ――

函館に戻り、イギリス領事館にたどり着くと、ユースデン領事が待ちかまえていた。

――イトー、君の父親のことが、わかりそうだ。実行寺《じつぎようじ》に行きなさい――

――お寺、ですか――

鶴吉は顔から血の気が引くのを感じた。寺と聞いて、埋葬されたのだと直感したのだ。

イザベラも手で追い立てる仕草をする。

——すぐに行きなさい。しばらく私は、ここに滞在するから、大丈夫よ——

鶴吉は実行寺の場所を聞くなり、外に飛び出した。

弁天台場の辺りから、急坂を一気に駆け上がったところに、山門があった。庫裡《くり》らしき建物に夢中で駆け寄り、縁側から奥に向かって声を張った。

「すみません、伊東鶴吉と申します。ここで父のことがわかると、イギリス領事館で聞いてきたのですが」

すぐに坊主頭の僧侶が現れて、ここの住職の松尾《まつお》日隆《にちりゅう》と名乗った。

「あんた、ハンリョウ丸の乗り手の息子さんだね」

ハンリョウ丸と聞いて胸が高なった。

「そうです。伊東長次の息子です」

「柳川組の若い衆が、あんたが父親のことを調べてるって、知らせてきたんだよ。ただ、あの連中はバンリュウ丸だと思い込んでるから、あんたがハンリョウ丸って呼ぶのを怪しんで、追い返してしまったそうだ」

日隆は指先で漢字をなぞって見せた。

「蟠竜丸って書くんでね、函館の町衆は、みんなバンリュウ丸って呼んでたけれど、本来の船名はハンリョウ丸だ。それを知っていることは、本物のご遺族に間違いない。それでイギリス領事館に知らせたんだ」

日隆は、かたわらにあった和綴本を手に取った。表紙に「過去帳 明治二年」と書いてある。鶴吉が来ると予想して、あらかじめ用意してくれていたらしい。中ほどに付箋がはさんであり、そこを開いた。

「伊東さんだったね。伊東長次さん」

「そうです」

鶴吉の緊張が高まる。過去帳に載っているのなら、やはり父は生きてはいない。はたして日隆の言葉は予想通りだった。

「残念だが、伊東長次さんは戦死したよ」

指先で示されたのは、紛れもなく父の名前だった。

おびただしい名前が連なる中に「伊東長次　明治二年　蝦夷で戦死」の一行があった。左右どちらの行を見ても、名前の下に「明治二年、蝦夷で戦死」、あるいは「明治二年箱館で戦死」という文字が並ぶ。

もしや父は外国で生きているのではという、わずかな望みは打ち砕かれた。涙が込み上げそうになるのを、懸命にこらえた。

日隆は過去帳を開いたままで言った。

「戦争の時に、海に浮かんだ仏さんも、道端に打ち捨てられた仏さんもあったけれど、新政府から触るなと命令が下ってね。でも放っておくわけにもいかないから、柳川組の若い衆が運んで、いったん、うちと、この近くの寺の境内に仮埋葬したんだよ。あんまり数が多くて、名前を確かめるだけで、せいいっぱいで、ひとりひとり、どこでどうして亡くなったかまでは、書き留められなかった」

実行寺で引き受けたものだけでも、八百体はあったという。

鶴吉は声を潤ませて聞いた。

「どこに埋められたのですか。お墓は、どこに？」

「墓は個別には建てられなかった。その代わり、新政府の目が少し緩んでから、まとめて町外れの山の方に改葬したんだ。行ってみるかい？」

意外な話に、一気に心が沸き立つ。

「ええ、ぜひ」

「それなら、また柳川組の詰所を訪ねるといい。近いうちに、あんたが行くって話してあるから、今度は追い払われないはずだ。柳川親分本人が案内してくれるよ」

「そうですか。ありがとうございます」

鶴吉は礼もそこそこに、また坂道を走って下った。

柳川組の詰所に入りかけ、及び腰で声をかけてみると、前とは違って、すぐに奥から親分の柳川熊吉《くまきち》が出てきた。

五十がらみで、予想に反して強面ではなく、むしろ好々爺《こうこうや》に見えた。江戸の浅草の出だと言い、歯切れのいい下町言葉で話す。

「じゃあ、ちょいと行ってみるかい」

「お願いします」

鶴吉が頭を下げると、柳川は着流しの裾をたくし上げ、軽い足取りで先を歩いた。

函館山の麓を西から東へとまわり、実行寺とは反対側の岬の突端近くまで行った。

いつしか人家が途切れ、谷地頭《やちがしら》と呼ばれる熊笹《くまざさ》の藪《やぶ》を抜けた。そこからは山に分け入り、足を滑らせそうな急な獣道を登った。

すると突然、視野が開けた。森の中に、樹木も雑草も、きれいに刈り込まれた広場があり、巨大な石碑がそびえていた。

柳川熊吉は石碑の台座に手を触れて、刻まれた文字を見上げた。

「俺は無学だから読めねえが、碧血碑《へきけつひ》って書いてあるそうだ。義に殉じた侍の血は、三年経つと青い珠《たま》になるって、そんな意味らしい。榎本軍の幹部だった人が、漢籍の中から選んで書いた字だ。石碑を建てる金も、その人たちが集めて出したんだ」

それから石碑の足元に視線を移した。

「石碑が建ったのは先《さき》おととしだが、ここに改葬したのはもっと前で、明治四年だった。あの戦争から二年経ってたから、寺の境内を掘り起こすと、だいぶ土に還《かえ》ってた。その中から骨を拾って、うちの若い衆が夜中にもっこで担いで、ここまで運んだんだ。ひとつ残らず、こっちに移した。だから、あんたの親父《おやじ》さんも、ここで眠ってるはずだよ」

鶴吉は石碑の足元を見つめた。死んでいたのは哀しい。でも、ずっと探し求めた父は、ここに眠っていたのかと納得はいく。ようやくたどり着けて、安らぎの気持ちさえ湧く。

柳川は台座の裏にまわると、そこに刻まれた文字を指でなぞった。

「ここにゃ『明治辰巳《たつみ》の年に、そのことが本当にあった。石を山上に立てて、その志を表す』って書いてあるそうだ。そのことだの、その志だのって、わけわかんねえだろう」

苦笑いの顔を、鶴吉に向ける。

「石碑ができたのが先おととしだから、あの戦争から六年も経ってた。だけど、まだ何があったのかは、はっきり書けなかったのさ。新政府の手前もあったが、何せ賊軍って言われて、町衆にも嫌われてたしな」

それほど抵抗が大きかったのだ。

「まあ、町衆が迷惑がったのも、しょうがねえ。御一新で五稜郭の御奉行所が、新政府側に引き渡されて、新しいお役人が赴任してきて、ちゃんと治まってたんでな」

そこに突然、榎本軍が現れて町と港を占拠し、新政府の役人たちは、まるで抵抗せずに逃げ出したという。

「そうなるてえと、今度は、いずれ新政府軍が攻めてくる、町や船が焼かれるって、みんな怯えたもんさ。よりによって北前船が来る時期になって、いよいよ戦争だってんで、町衆は商売あがったりだ」

とにかく早く終えさせたいがために、町衆は新政府側に味方したのだという。決定的だったのは、やはり弁天台場の大砲を、地元の者が使いものにならなくしたことだった。

その話は前に聞いたときも悔しかった。父は幕府のために命がけで戦ったのに、町衆に目の敵《かたき》にされようとは。

鶴吉は疑問を口にした。

「でも、そんな中で、なぜ親分は、そこまでしてくれたんですか」

「俺は、もともと江戸っ子だし、江戸から来た榎本軍には、最初から味方したのさ」

柳川は少し照れくさそうに、片手を首の後ろに当てた。

「それに男気《おとこぎ》ってやつかな。仏さんが海や道端で朽ちていくんじゃ、あんまり哀れだ。みんな、将軍家の名誉のために戦ったってのによ」

ひとつ息をついてから、つけ加えた。

「仏さんを放っておきゃあ、町衆が、もっと邪魔もの扱いするだろうし。だいいち同じ人間だってのに、賊軍だの何だのと、そんな言い草も気に入らねえ」

また石碑を見上げてつぶやいた。

「みんな一緒さ。賊軍も何もねえはずだ」

鶴吉は石碑に手を合わせ、心から父の成仏を祈った。それから山道を、ふたりで下った。

柳川は来たときとは逆に、函館山の麓を西に戻り、港を一望にできる高台へと、鶴吉をいざなった。

「俺は、この辺りから、最後の海戦を見たんだ。明治二年の五月十一日だった」

船着場近くの海面を指さした。

「バンリュウ丸が乗り上げたのは、あの辺りの浅瀬だ。船体が大きく斜めに傾いでな。そんな体勢でも、沖から近づいてくる新政府軍の艦隊に向かって、すさまじい勢いで、大砲を撃ちまくったんだ」

その中の一発が、敵艦の火薬庫に命中し、大爆発を起こして、撃沈させたという。

「バンリュウ丸は砲弾がつきるまで撃ち続けて、最後まで残っていた人たちは、小船で弁天台場に上陸して、その後、新政府軍に降《くだ》ったんだ」

砲撃戦が鎮まってから、柳川が海辺まで下りてみると、いくつもの遺体が海に浮かんでいたという。

「新政府側から小銃で撃たれて、傾いでいた甲板から海へと落ちたんだろうな。陸戦も含めて戦死したのが、ざっと数えて千人。五稜郭や弁天台場にいて、新政府に降ったのが二千人だ。けど、その二千人は生き恥さらして暮らさなきゃならねえ。正々堂々と戦って死んだ方が、俺は、侍らしくて潔いと思うぜ」

柳川は片頬で笑う。

そのとき鶴吉は、港に入ってきた船影に気づいた。弁天台場の向こうから、三本帆柱の蒸気船が姿を表したのだ。一瞬、ハンリョウ丸に見えたが、やはり別の船だった。

柳川が指をさした。

「あれは、ここと横浜とを行き来している蒸気船だよ。横浜行きには、あんたを雇った女の異人さんも乗るんだろう？　荷の積み下ろしに時間がかかるから、出航は明日の夕方だろうな」

それから鶴吉を振り返って、気軽な口調で聞いた。

「そろそろ俺は帰るけど、あんた、もう少し、ここに居るかい？」

「そうですね。そうします」

「あんたの親父さんが最期を迎えた海を、よく拝んでおくといい。それも供養になるさ」

柳川は軽く片手を上げ、柳川組の詰所へと去っていく。その後ろ姿を見送ってから、鶴吉は、もういちど海に目を向けた。

いつしか日が暮れて、眼下の水面は、秋の夕日を受けて金色に輝いていた。横浜から来た蒸気船は、ハンリョウ丸が座礁した場所よりも、少し沖合に停泊した。

激しい銃撃戦の様子が目に浮かぶ。房総半島の館山で、最後に見た雄々しい船影も思い出す。

そこに実行寺で見た過去帳の文字が重なった。父が戦死したという実感が、初めて胸に迫り来る。

父は乗り慣れた愛艦の甲板で、正々堂々と戦ったのだ。戦って戦い抜いて死んだのだ。柳川の言う通り、立派な最期だったにちがいない。

それを称《たた》えるために、碧血碑が建てられた。あの巨大な石碑は、父が犬死にではなかったことを、未来永劫《えいごう》、伝えてくれる。

鶴吉は、自分たちが負け組だという負い目を、ずっと引きずってきた。負け組だからこそ、苦労を強いられてきた。

自分が宣教師の家に奉公に入らなければならなかったのも、タリーズの仕打ちに耐えなければならなかったのも、ひとえに負けたせいだと思い込んできた。

できることなら、父に生きて帰ってきて欲しかった。父を囲んで、母と妹たちと、また家族で暮らしたかった。それができなかったのは、負け組だからだと、悔しくてたまらなかった。

でも本当は負い目など不要だった。父は武士として誇り高く死んだのだから。

父を探すようになって以来、鶴吉は、ずっと涙をこらえてきた。泣いたら父の死を認めることになりそうで、泣くわけにはいかなかった。でも、もう我慢することはない。ひとりになって初めて涙がこぼれた。

父のなきがらもハンリョウ丸も、眼下の海に沈んでいるわけではない。父は碧血碑の下で静かに眠り、ハンリョウ丸は上海か香港辺りで、商船として働いている。

もしタリーズと一緒に上海に渡れば、ハンリョウ丸の勇姿を、もういちど目にできるかもしれない。でも今となっては、自分には縁のない船だ。

子供の頃から、自分は父に及ばないという思いがあった。でも、いつかは父のようになって、父に誉《ほ》めてもらいたかった。でも、それは不可能になってしまった。

心のよりどころを失った哀しみで、鶴吉の嗚咽《おえつ》は止まらなかった。

その夜は遅くまでかかって、鶴吉はイザベラの荷造りをした。新潟から届いた荷物も整え直した。

ひとりで作業していると、ユースデン領事が現れて言った。

――明日、イザベラを見送ってから、君は、どうするつもりだね？　タリーズに雇われるのかい――

鶴吉は手を止めて答えた。

――まだ決めていません。しばらく函館に滞在して、通訳の仕事を探してもいいかなとも考えています――

――それなら領事館の手伝いをしないかね。イザベラにも話したが、タリーズは評判のいい男ではない――

東京のパークス公使から、そう手紙で知らされたという。

――しかし上海に行けば、君の父上が乗っていたエンペラー号と出会えるかもしれない。その点を考えると、タリーズに同行する価値はあるだろう。どうするかは、君の判断次第だ――

――ありがとうございます。もういちど考えてみます。もしかしたら、こちらに雇っていただくかもしれません――

鶴吉は荷造りを続け、そのまま領事館で仮眠をとって、翌朝、最後の荷をまとめた。

横浜行きの蒸気船の出航は夕方だった。

鶴吉は午前中に荷物を蒸気船に載せると、イザベラとふたりで領事館の馬を借りて、出航時間まで五稜郭に行ってみることにした。

函館の町を過ぎて、乾いた道を進んでいくと、おびただしい薄《すすき》が風に揺れていた。そんな中、突然、石垣と堀が現れた。それが五稜郭だった。

近づくと、日本古来の城とは、かなり様子が異なって、石垣の角が鋭く突き出していた。イザベラが馬上から指をさす。

——上から見ると、星形になっているそうよ。星形の城郭は、西洋には珍しくないわ。鋭角の突端に大砲を据えれば、砲口を大きく左右に振って撃てるでしょう。狙える角度が広いから、敵が近づけないのよ——

——なるほど——

——ここが計画されたのは函館開港の翌々年で、完成したのは明治維新の二年前。明治になってからは、日本陸軍が練兵場にしてるらしいけれど、あまり使われていないみたい——

——詳しいんですね——

——調べるのが仕事よ——

そう言う端から、肩をすくめた。

——でも本当は、ユースデン領事から聞いたばっかり——

ゆっくり馬を進ませながら、ふたりで笑った。

——とにかく日本人の新規のものを造る力には、頭が下がるわ。それだけ好奇心が強いからこそ、私のことを、じろじろ見るんでしょうね——

——あなたは本当に、客観的に見るんですね。日本人のいいところも悪いところも——

——それこそが仕事よ——

わざと誇らしげに言うのが、また笑いを誘う。今日を限りに、イザベラと別れると思うと、湿っぽくなりそうで、笑って誤魔化せるのが、ありがたかった。

星形の一箇所に橋が架かっており、そこから堀を渡った。立ち入りが禁じられているわけではなく、中は雑草が生え放題で、碧血碑とは大違いだった。

——以前は立派な建物が何棟もあったらしいけれど、ほとんど取り壊されたんですって。あなたの父上も、ここにいらしたのかしら——

——そうですね。軍艦乗りは基本的に船で寝泊まりしますけれど、非番のときや、何か用があった時には、来たかもしれません——

騎馬のまま雑草をかき分けて、鋭角の突端まで進んだ。目の前の堀が秋空を映して、青く輝く。

父が最後に家に帰ってきた時の言葉を思い出す。

「万が一、父が帰ってこなかったら、母と美津たちを頼む。おまえは、うちの家で、たったひとりの男だ。だから、おまえに頼むのだ」

頼まれるのも不安だったが、子供だった鶴吉に頼んでいかなければならない父が、どれほど不安だったか。今になってわかる。

その期待には応えたい。ただイザベラとの旅を始める前とは、だいぶ意識が変わっていた。

平取からの帰路で、イザベラは言った。自惚れたり、人を見下したりするのは、間違っており、人は対等だと。

あれから鶴吉は、ずっと考えてきた。自分は妹たちに、少しでもいい暮らしをさせたがっている。でも、それは人の上下関係に、こだわっているからではないかと。

自分は武家の子であることを誇るあまり、人を見下す心があった。それは認めざるを得ない。

でも鰊番屋に集まるヤン衆たちも、軍艦に乗った父も、長い旅に出る自分も同じだと、イザベラに教えられた。同じように家族のために働いてきたのだ。

ならば平三郎も同じではないのか。押送船に乗って、未来を切り開こうとしている。美津と家庭を築くために。

なのに自分は、無闇に妹の結婚に反対している。それは間違っていたのではないかという気がし始めていた。

思い返せば父は、侍になったことを誇りはしたが、けっして人を見下したりはしなかった。菊名の漁師たちへの態度も、ずっと気さくなままだった。むしろ同じ海の男であることを、誇っていた気配すらある。

イザベラが片方の手綱を引いて、馬の向きを変えて言った。

――そろそろ船着場に戻りましょうか――

鶴吉も後に続き、また馬を並べて進んだ。

——タリーズ氏のこと、ユースデン領事から聞いたわ。通訳にひどい扱いをするって。なぜ私に黙っていたの？——

——陰口は言いたくなかったからです——

——陰口じゃないわ。当然、主張すべきことよ——

イザベラは不満そうだ。

——あなたは何も言わなすぎるわ。特に旅を始めた頃は、いつも黙り込んで。何を考えているのか、気味が悪かった。でも後になってわかったの。英語で正確に伝えられる自信が、なかったのでしょう——

——そうかもしれません——

——ずいぶん英語は上達したわ。領事館の仕事も悪くはないけれど、これからも通訳として生きていくなら、やっぱり海外に出てごらんなさい——

——タリーズ氏に同行して、上海に渡れと？——

——そうね。植物学者にならないとしても、いちどは海外に出なさい。今のあなたなら大丈夫。ちゃんと主張できるから——

鶴吉は答えられない。

——ほら、また黙り込む。私たちは言葉を仕事にしているはずよ。私は書き言葉で、あなたは話し言葉――

そこに共通項があるとは、意外な指摘だった。

――私はヘボン博士のところで、何人もの候補者の中から、あなたを選んだのよ。それは正しかったわ。ヘボン博士は嫌というほど、ずるい日本人に会ったと言うけれど、私は、そんな思いは、いちどもしなかった。きっと私の気づかないうちに、あなたが楯になってくれたのね。今回の旅は、あなたなしには貫徹できなかったかもしれない――

鶴吉は小声で答えた。

――お役に立てたのなら嬉しいです――

ふと思い出し、ポケットを探って小刀を取り出した。シノンデからもらった細かい彫刻の小刀だ。そして馬上から手を伸ばして、イザベラに差し出した。

――やはり、これは、あなたに――

イザベラは首を横に振った。

――シノンデは、あなたにくれたのよ――

――いいえ、持っていってください。アイヌに、こんな細工の文化があることを、イギリスで伝えてください――

――そう――

イザベラは、ようやく受け取った。

――わかったわ。それなら、もらっておくわ――

手渡したときに、鶴吉の中で、大きな決意が定まった。

――私は――

ひとつ息をついてから続けた。

――ずっと迷っていました。これから何をしたらいいのかと。英語を使って外交官になりたいとか、日本の旅行案内を英訳しようとか、夢見たこともありました。もちろんタリーズ氏の助手になって、植物学者を目指したことも。通訳は身分が低いので、もっと高みを望んだのです。でも今、決めました。一生をかけて通訳に徹しようと――

もういちど息をつき、後は一気に話した。

――あなたが仰《おつしや》る通り、私の仕事は話し言葉です。この旅で言葉の大切さを感じました。私たちが少しでもアイヌ語を口にすると、彼らは喜んでくれるし、あなたが奥州の村で『オイシイ』と言った時にも、日本人は喜びました――

別の村では、大人や子供が、ぞろぞろと山際までついてきて、別れ際に「サンキュー」と言った。あの笑顔も鮮明に覚えている。

――私は気づきました。言葉を通じてこそ、心は通い合うのだと――

差別する感情も、差別される感情も、言葉による相互理解があれば、取り除けるはずだと思う。

——私は今度の旅で、通訳の仕事に誇りを持てました。でもタリーズ氏と一緒に上海に行ったとしても、私は中国語を使えない。だから彼が、まだ北海道で仕事をするなら、その間は手伝いますが、その後は横浜に戻ります——

上海でハンリョウ丸の姿を見たいという未練は、すでに捨てていた。

イザベラは反対するかと思いきや、意外に穏やかな口調で言った。

——そう。いつも黙り込むあなたが、そこまで決めたのなら、もう反対はしないわ。ただし、ひとつだけ言っておきたいの——

——何でしょう——

——通訳の身分が低いなら、身分を高める努力をしなさい。通訳やガイドの組織を作って、きちんとした仕事を徹底させなさい。最低限の報酬も定めなさい。そうすれば、あなたみたいに誇りを持てる人が増えて、おのずから地位も上がるでしょう——

鶴吉は素直に励ましを受け取った。

——わかりました。頑張ります——

イザベラは笑顔で締めくくった。

——イトー、あなたなら、きっと、できるわ——

船着場には、イギリス領事館の人々が、イザベラの見送りのために集まっていた。

横浜行きの蒸気船は、港の中ほどに投錨しており、船着場との間を、何艘もの艀船が行き来する。

イザベラは艀船に乗り込む前に、ひとりずつと別れの挨拶を交わした。最後に鶴吉に向き合って、右手を差し出した。

――ありがとう。侍ボーイ――

鶴吉は握手に応じた。

――イトー、あなたは、いつかきっと通訳として大成するわ――

目を赤くして、早口で言う。

――いつかまた日本に来るかもしれない。その時には、日本有数の通訳になったあなたと、再会するのを楽しみにしてるわ――

そしてスカートの裾をひるがえし、足早に艀船に向かった。

見送りのイギリス人たちから次々と声がかかった。

――イザベラ、いい旅を――

――ミス・バード、楽しい旅を――

――どうか無事に、お帰りください――

大勢が手を振って見送る中、イザベラの乗った艀船が離岸した。

鶴吉の胸に別れの寂しさが湧き上がり、これまでの旅の情景が次々と浮かんだ。

イザベラが粕壁から、ふた晩も眠れなかったと知った驚き。あのときも慌てたが、イザベラにしてみれば、自分は黙り込んで、不機嫌そうに見えたにちがいない。嫌になるほど続いた雨と泥と不潔な宿。恐怖を感じるほど見世物にもなった。大勢が乗ったせいで、屋根が崩れ落ちてしまったことも、薬を欲しがる人々に押しかけられたのも、思い返せば、たしかに笑い話だ。

増水した米代川で、イザベラが強引に小船を出させ、その時の慌てようを笑われて、堪忍袋の緒が切れた。本気で置き去りにしかけたものの、結局は見捨てられなかった。

鶴吉が戻った時のイザベラの様子を、今でもありありと覚えている。なす術もなく、部屋に呆然と座り込んでいたのだ。あのときを境に、主従の関係は変わった。

アイヌのコタンを訪ねるうちに、差別とは何なのかにも気づいた。柳川熊吉は、榎本軍の遺体を回収したことを、男気と称した。それは、おとしめられた人々を思いやる心意気でもあり、イザベラの異民族に対する姿勢にも、通じるものがある。

鶴吉は艀船を目で追った。ちょうど港の中程まで進んで、横浜行きの蒸気船に接舷するところだった。

領事館の人々は、イザベラが蒸気船に乗り移ったのを見極めると、三々五々、基坂へと向かい始めた。イザベラと鶴吉が乗ってきた馬も引かれていく。

ユースデン領事が最後まで残って、鶴吉に聞いた。

——タリーズの件、決めたかね——

——はい、領事館で雇い入れていただけるとのお話は光栄ですが、彼が北海道にいる間は手伝おうと思います。その後は横浜に帰ります——

——そうか。少し残念だが、そう決めたのなら仕方ない——

鶴吉が深々と頭を下げると、ユースデンも領事館に向かって歩き出した。

横浜行きの蒸気船が錨を抜いて、弁天台場の向こうに消えるのを、鶴吉はひとりで見届けた。

イザベラが期待してくれる通り、いつか再会するまでに、立派な通訳になっておこうと、その船影に誓った。

鶴吉は夕暮れの三浦海岸を歩いていた。冷たい海風が、容赦なく頬を打つ。宵闇が迫る中、海岸南端の菊名の集落に入った。

あれから北海道でタリーズの手伝いをしたが、植物採集は雪が積もるまで続いた。そのために帰郷が遅くなり、もう年末も近い。

集落の家々は、どこも雨戸を閉めているが、隙間から灯りがもれて、往来は薄明るい。飯の炊ける甘い匂いと、魚を焼く香ばしい匂いとが漂う。どこの家からか、子供たちの笑い声が聞こえた。

鶴吉は故郷に帰ってきたと実感した。寒さの中、家々の温かみが心に沁みる。以前は、こんな漁村の出であることを恥じたのに、今は、ここにこそ幸せがあると思えた。

母と妹たちが暮らす借家の前で立ち止まり、引き戸に手をかけた。そして力を込めて、一気に開けた。

中の土間では、美津が火吹き竹を手にして、竈の前で立ち上がったところだった。鶴吉の顔を見るなり、目を丸くし、家の中に向かって声を張り上げた。

「兄さんが、兄さんがッ」

鶴吉が土間に足を踏み入れると、母も妹たちも、こちらを向いた。

「兄さんだッ」

「兄さん、おかえりなさいッ」

そのまま妹たちが裸足《はだし》で土間に降りた。

母も駆け寄ってきて、息子の両腕をつかみ、全身に目を配る。

「鶴吉、おかえり。無事だったかい？　怪我とか、病気とか、なかったかい？」

鶴吉は笑顔で答えた。

「元気だったよ。ずっと」

「梅雨の時期に出かけていったから、雨に濡れて、風邪でも引きゃしないかと、ずいぶん心配したんだよ」

「風邪なんか引かないよ。母さんが丈夫に産んでくれたから」

母は涙ぐんで両腕を離さない。

鶴吉は、ゆっくりと言った。

「函館で、父さんの消息が、わかったんだ」

母も妹たちも顔色が変わった。母がおそるおそる聞く。

「それで、どう、だったの？」

「立派に戦死してた」

誰も言葉がない。鶴吉は穏やかに告げた。

「でも、ねんごろに弔《とむら》われていた。大勢で一緒だけど、立派な石碑が建ってた」

母が小声でつぶやいた。

「そう、そうだったの。覚悟はしてたけど」

少し洟をすすった。

「生きてたら、きっと帰ってきたでしょうしね」

美津が、かたわらに火吹き竹を置き、重い空気を撥ね除けるように、あえて明るい声で言った。

「兄さん、そんなところに立っていないで、早く上がって、上がって」

鶴吉は促される通り、上がり框に腰かけて、靴の紐《ひも》をほどき始めた。母も妹たちも、その一挙一動を見つめる。

鶴吉は少し気恥ずかしくなって、傷だらけの革製トランクを引き寄せた。

「約束の土産、買ってきたんだ。先に渡すよ。手荒れが治る薬。横浜で買ってきたんだ」

陶器製の容器をふたつ取り出して、片方を母に渡した。

「これは母さんと八重と須磨と、三人で使ってくれよ。もうひとつは美津に」

美津は怪訝そうな顔をした。

「私だけ別？」

鶴吉は微笑んだ。

「嫁に持ってけ」

美津の顔がこわばる。

「もしかして兄さん、どこかで私の縁談、決めてきたの？」

「心配するな。そんなことはしない」

「じゃあ、嫁にって」

「平三郎と一緒になりたいんだろう？」

驚いて聞き返す。

「一緒に、なって、いいの？」

鶴吉は内ポケットから封筒を取り出した。

「これで晴れ着を誂《あつら》えろ。そんな擦り切れた着物で嫁ぐんじゃ、平三郎の家でも呆れるだろう」

「でも、でも」

まだ不安そうに聞く。

「でも平三郎さん、気象予報の勉強の目処が、まだ立っていなくて」

鶴吉は笑顔を横に振った。

「そんなことはいいんだ。そんなことより、あいつなら、おまえを大事にしてくれる。それだけで、いいんだ」

自分が平三郎よりも格上だと、思い上がっていたのが恥ずかしかった。役人や銀行員にこだわったのも、愚かなことだと自覚した。

二番目の妹の八重が、目を輝かせて立ち上がった。

「私、平三郎さんを呼んでくる。いいでしょう？」

兄がうなずくのを確かめるなり、八重は下駄《げた》を突っかけて外に飛び出していった。

鶴吉は靴を脱ぎ終えると、囲炉裏端に移った。母も美津たちも近くに座ったが、まだ不審顔で言葉がない。

囲炉裏の灰の真ん中で、炭火が朱色に燃え盛っていた。冷え切った手をかざすと、指先から暖かさが伝わってくる。

　そのとき引き戸が開き、平三郎が息を弾ませて飛び込んできた。

　鶴吉が先に声をかけた。

「平三郎、美津をよろしくな」

　平三郎は目を見開いて聞く。

「いいのか。本当に」

「ああ、もらってやってくれ」

　美津が泣き出した。正座した着物の膝をつかんで、声を潤ませる。

「兄さん、ありがとう。子供の頃から、私たちのために苦労してくれたのに。なのに私、勝手ばかりで」

　鶴吉の喉元に熱いものが込み上げる。それをこらえて、また笑顔を作った。

「親父に頼まれたしな。うちで男はひとりだけだから、お袋や妹たちを頼むって」

　母が涙声で言う。

「あのとき鶴吉は、健気にうなずいたんだよ。それで父さんは軍艦に戻っていって、それっきり」

　誰もが黙り込み、囲炉裏で炭がはぜる音がした。

　母は着物の袖で目元を拭ってから、改まって息子に聞いた。

「しばらくは、家にいられるのかい？　また横浜に戻るんなら、美津の嫁入りには帰ってきておくれね。晴れ姿を見てやっておくれ」

鶴吉は冗談めかして苦笑いした。

「勘弁してほしいなァ。そんな姿を見たら、平三郎にやるのが、また惜しくなるよ」

平三郎も妹たちも笑い、末子の須磨が冗談を返した。

「そうだね。姉さんの嫁入り姿なんか見たら、兄さん、きっと泣いちゃうよ」

そう言われるなり、急に喉元に熱いものが込み上げた。

「そんなこと言うなよ。そんなこと言われたら、もう」

情けないと思えども、語尾は潤み、涙があふれて止まらなくなった。

美津の晴れ姿を、できることなら父に見せたかった。武家に嫁がせなくても、きっと喜んでくれる。今になってみれば、父だって漁師や押送船の仕事に、誇りを持っていたと確信できる。

気がつけば、平三郎も泣いていた。母も妹たちも、揃って涙にくれた。

鶴吉は、かろうじて美津に言った。

「幸せになれよ、幸せに」

望みはそれだけで、言葉は続かなかった。

八章　久しき再会

　スコットランドの西海岸には、深く切れ込んだ入り江と岬が連なる。そこから狭い海峡で、本土から切り離されたのがマル島だ。

　島全域に、ゆるやかな丘陵が広がり、やはり深く切れ込んだ入り江の奥に、小さな港町がある。

　だが、そんなのどかな雰囲気とは裏腹に、イザベラ・バードはマル島に向かう定期船の甲板で、船足の遅さに苛立っていた。

　日本からアジアをまわって帰国したのが去年の五月。そのときも、すぐにマル島を訪れて、妹のヘンリエッタと再会した。

　その時にヘンリエッタに勧められた。

　――日本の話も悪くはないけれど、その前にロッキーの山での冒険談を、本にすべきよ。あれは夢中になって読めるわ――

　日本から送った手紙には、雨で苦労したことばかりを書いた。それでは読む方も気が滅入（めい）るという。

　イザベラは迷ったが、結局、エディンバラに戻って、ロッキーの原稿を先にまとめることにした。マル島はスコットランドの西海岸だが、首都のエディンバラは東海岸にある。

その年の十月には『ロッキー山脈踏破紀行』を出版した。すると思いがけないことに、ロンドンの一流紙である「タイムズ」に書評が載ったのだ。訪れた場所のみならず、個性的な人物の描写などが絶賛された。

ジム・ヌージェントとのことも、ほのめかして書いた。不道徳という誹《そし》りも覚悟していたが、読者は男女間の友愛としてとらえた。四十を過ぎた牧師の娘が、そんな荒くれ男と関係を結ぶなど、想像もつかないらしい。

『サンドイッチ諸島での六ヶ月』以来、四年ぶりの出版だったが、『ロッキー山脈踏破紀行』は大好評を博した。これによってイザベラ・バードは紀行作家としての地位を、さらに固めたのだ。

ヘンリエッタへの手紙をもとに、日本の旅行記をまとめたのは、その翌年だった。厳しい描写も多かったが、イザベラは見たままを表現した。それに「日本奥地紀行」という題名をつけて、編集者に送った。

その直後に、マル島から思いがけない電報が届いた。ヘンリエッタがチフスに罹患《りかん》して、重態だという。

イザベラは取るものも取りあえず、エディンバラからスコットランドを横断して、マル島に向かってきたのだ。

定期船が桟橋に着くと同時に、イザベラは小ぶりなトランクを片手に、真っ先に下船した。そこからは港町の一本道を走った。

町外れのヘンリエッタの住まいまで駆け通し、荒い息で肩を上下させながら、真鍮製のドアノッカーを鳴らした。

すぐに顔見知りの女性が現れた。日頃からヘンリエッタは、島で慈善事業に尽力している。その恩恵を受けている女性で、電報で知らせてくれたのも彼女だった。

――ヘンリエッタは？――

勢い込んで聞くと、沈痛な面持ちで答えた。

――ベッドで、お待ちになっています――

トランクを投げ出すようにして、妹の寝室に駆け込んだ。

ヘンリエッタは高熱で頰を赤く染めて、苦しげに横たわっていた。姉に気づくと、かすかに頰をゆるめた。

――来てくれたのね。忙しいのに――

息も絶え絶えに聞く。

――日本の紀行文は？――

――書き上げて編集者に渡したところよ。そうしたら、あなたが病気だって知らせが来たの――

――それなら、よかった。あれも、きっと評判になるわ。ロッキー山脈の本で、勢いがついたし――

――そんなことより、あなたのことが心配よ。でも明日にでも、ビショップ先生が来てくださるから、大丈夫よ――

ジョン・ビショップは外科が専門で、イザベラの腰痛の主治医だ。

――先生が？　でも、お仕事は？――

ビショップはエディンバラで開業しており、ヘンリエッタとも懇意にしている。

――ちょうど足を怪我して、休診中だったの。あなたのことを伝えたら、すぐに、こっちに向かうって――

――そう。それは申し訳なかったわ――

ヘンリエッタは苦しげな息をついてから言った。

――イザベラ――

――何？――

――もしも私が死んだら、ビショップ先生と結婚して――

――何を言うの？　とんでもない。元気になって、また私の最初の読者になってちょうだい――

――でも以前から、先生にプロポーズされているんでしょう。いまだに先生も、おひとりだし――

イザベラが日本に向かう前年に、ビショップは結婚を申し込んできた。イザベラ・バードという作家を、深く敬愛しているのだ。

でも十歳も下で、夫としては考えられなかった。その経緯も、ヘンリエッタには打ち明けてある。

――イザベラ、あなたにはね、待ってくれる人が必要なのよ。手紙を読んでくれる人が。だから私がいなくなったら――

――そんなことは言わないで。もう何も言わないで――

イザベラは無理矢理、話を止めた。

そして祈った。ただただ妹の回復を願って祈り続けた。

翌日、ビショップがやってきて診察をした。ヘンリエッタは普段から強健ではないし、予断を許さないという。

そしてイザベラと交代で、四六時中、看病してくれた。その間、エディンバラの医院は、ずっと休診にした。もともと資産家であり、仕事を休んでも困らない身の上だった。

しかし病状は回復に向かわなかった。ヘンリエッタは苦しげに息をつきながら、姉に言った。

――ハワイでもロッキーの山でも求婚されたのに、私のために断ってしまったんでしょう?――

――違うわ――

イザベラは妹の熱い手を握った。

――だいいち、そんなことは気にしないで。あなただって、私が脊椎の手術をした後、求婚されたのに断ったでしょう? あれこそ、私のためよね――

イザベラの療養のために、マル島で夏を過ごした青春時代、ヘンリエッタも恋をした。求婚もされた。でも断って、姉の世話をする道を選んだのだ。

ヘンリエッタは、そっと手を握り返した。

――私はイザベラ・バードのためになれて幸せだった。あなたが元気になってからも、旅の手紙を読むことで、役に立てて、ずっと幸せだったのよ――

本職の編集者にとって、イザベラ・バードは提案や指摘を受け入れない頑固な筆者だ。でもイザベラは、ヘンリエッタが聞かせてくれる手紙の感想だけは、いつも素直に受け入れた。彼女は最初の読者であると同時に、批評家でもあり、優れた編集者でもあったのだ。

――イザベラ、聞いて。私は、もう、あなたの役には立てそうにないから、せめてビショップ先生に、私の代わりを、お願いしたいの――

発病から二ヶ月、ヘンリエッタは、枕の両側にすがるイザベラとビショップの手を、残る力で引き寄せて重ねさせ、かすかに微笑んだ。仲よくしてねと言いたげに。そして息を引き取った。

イザベラは、ただひとりの家族である妹のなきがらにすがって号泣した。

まもなく『日本奥地紀行』の見本が届いた。でも何の喜びもなかった。本を書いたのは、ひとえに妹のためだったのだ。

呆然と過ごす日々に、ビショップは、ずっと寄り添ってくれた。ヘンリエッタの望み通り、ふたたび求婚もしてくれた。

ビショップに対しては、ジムのような激しい感情は無縁だ。ただ結婚相手としては、こんな穏やかな関係の方が、いいのかもしれないと思えた。

妹の死から半年後にイザベラは婚約した。さらに三ヶ月後、ひっそりと挙式した。四十九歳の花嫁と、三十九歳の花婿だった。

しかし心の穴は埋められなかった。当然のことながら、やはりビショップはヘンリエッタではなかったのだ。

イザベラが仕事で、ひとりでロンドンに出かける時に、ビショップはエディンバラの医院で患者を診ながら、妻の帰りを待った。たがいに、それで満足のはずだったが、周囲が許さなかった。

——ご主人さまは、ひとりぼっちで、お寂しくないのかしら——

そう言われると、イザベラは居心地が悪かった。

ふたりで旅に出れば、自由に行動できないのが、わずらわしかった。やはり自分は結婚には向かないと、改めて気づいた。

そんな中で、イザベラは『日本奥地紀行』の書き直しに着手した。最初に出した本は膨大なページ数で、上下二巻に及ぶ大作だった。

しかし原稿の段階で、生前のヘンリエッタが言ったのだ。

——ちょっと長くないかしら。前半の方が後半より、ずっと面白いわよ——

前半はイトーとめぐった奥州であり、後半は関西方面の紀行だった。

その助言の直後に、ヘンリエッタはチフスにかかったのだ。そのため詳しく意見を聞けないまま、本が出てしまった。

でも、それが妹の最後の指摘になっただけに、ずっと気になっていた。

それに結婚以来、自由に旅に出られない。ヘンリエッタがいないと思うと、出る気にもなれない。どうせ家にいるのならと、思いきって書き直すことにしたのだ。

関西方面の部分を削り、前半も愚痴めいた部分を、かなり省いた。そして普及版『日本奥地紀行』を出版すると、最初の上下二巻を、はるかにしのぐ売れ行きとなった。ずっと滅入ったままだった気分が、ようやく晴れる思いがした。

ビショップは妻の著書を、改めて読み直して言った。

——田舎に医療が及ばないのが、気の毒だね——

奥州の山村で、イザベラが薬を分けてやると、翌日には長蛇の列ができたというくだりが、気になったらしい。医者ならではの視点だった。

そうしているうちに、ビショップは患者の丹毒《たんどく》に感染した。皮膚病の一種で、当初は軽く考えていたが、どんどん悪化した。貧血がひどくなって、立ち上がれなくなった。

イザベラは夫を励ました。

——何よ。このくらいのことで寝込むなんて、だらしないわよ。病気のあなたを置いて、私が出かけたりしたら、また後ろ指を差されるじゃないの。早く元気になってよ——

しかしビショップは回復しなかった。死を覚悟して、妻に言った。

——長く寄り添えなかったけれど、僕は君と結婚できて、幸せだったよ——

それが最後の言葉になった。あと二日で五回目の結婚記念日というときだった。

イザベラは悔いて泣いた。日ごろから言葉や態度がきついことは自覚していたが、この五年間、あまりに夫をないがしろにしてしまった。

普及版『日本奥地紀行』の好評で、上向いた気分が、また落ち込んでしまった。もう五十代半ばになっており、自分の人生は、これで終わりだと思った。

それきり社会から背を向けて、鬱々と暮らした。脊椎の手術を受ける前に、戻ってしまったかのようだった。

二年後、『日本奥地紀行』の出版社から、一通の封書が届いた。開けてみると、もう一通、別の手紙が入っていた。

宛名は美しい筆記体で「ミス・イザベラ・バード」とあり、見たことのない切手が貼ってある。国際郵便らしい。差出人の名前に驚いた。「ツルキチ・イトー」だったのだ。慌てて開封してみると、書き出しは、出版社宛てに送れば転送してもらえると知って、初めて手紙を書くと綴られていた。

イザベラは椅子に腰かけて、手紙を読み進めた。それによると、あの旅の翌年、イトーは「開誘社」という組合を立ち上げ、以来、通訳ガイドの最低賃金などの制定に尽力しているという。

——近ごろ、横浜で通訳を探す西洋人で、「イトー」を指名する人が増えました。理由をたずねたところ、イザベラ・バードの『日本奥地紀行』に登場しているというではありませんか。それで本を手に入れて、一生懸命、辞書を引きながら読みました。辞書に出ていない単語は、私の顧客たちに教えてもらいました——

自分自身が随行した旅だけに、内容は理解しやすかったという。

——ずいぶん手厳しい描写もあったけれど、心温まる話も書いてあり、あなたらしいと思いました。おかげで英語を読む力がつきました。あなたに手紙を書きたくなって、綴り方も独学で身につけました。あの旅で学ぶことは、たくさんありましたが、その後も、あなたのおかげで、私は成長できたのです——

今ではアメリカの大富豪など、重要人物の通訳まで、任されるようになったという。

——あなたと旅ができて、私は幸せでした——

手紙は、そう締めくくってあった。イザベラは驚いた。夫の最後の言葉と同じだったのだ。

——僕は君と結婚できて、幸せだったよ——

イザベラは年下の夫をないがしろにした。イトーのことだって、さんざん小馬鹿にした。なのに、ふたりとも幸せだったという。その言葉が嘘とは思えない。

イザベラは自分の道を突き進むことで、知らず知らずのうちに、彼らに影響を及ぼしたのかもしれなかった。でも、それを感謝してもらえたとは、あまりに思いがけない。

それに、あのボーイが、こんな手紙を書けるようになったとは。綴りの間違いは、ひとつもない。イトーのことだから、おそらく辞書で確認しながら書いたのだろう。まして大富豪の通訳を務めるまでに成長したとは。

イザベラは自分自身を顧みた。ここで人生を諦めてはいけない気がした。まだまだ自分の足で歩けるのだから、鬱々と暮らしていてはいけない。

もういちど気力を取り戻して、旅に出ようと決意した。どこへと考えたときに、インドが思い浮かんだ。

かつて父は最初の妻をインドで失った。カースト制度の弊害に、医療不足が重なって助けられなかったのだ。その話をイザベラは幼い頃に聞いた。

そこに生前の夫の言葉が重なった。

――田舎に医療が及ばないのが、気の毒だね――

今、自分には作家として築いた財産がある。残してやる子供もいない。ならば、それを使って、インドの医療環境を少しでも改善できないかと、思いついたのだ。

イザベラは立ち上がった。五十七歳で、短期間ながらも医療の勉強をしてから、インドに旅立った。

現地では私財を投じて、病院をふたつ設立した。ひとつは「ジョン・ビショップ記念病院」、もうひとつは「ヘンリエッタ・バード記念病院」とした。

翌年にはペルシアからトルコまでの大旅行を敢行した。

その結果、ロンドンにある王立地理協会に女性として初めて特別会員に迎えられた。

さらにヴィクトリア女王との謁見の栄誉に浴した。

イザベラは日本再訪を決めた。イトーから手紙を受け取った時は人生のどん底で、合わせる顔がなかった。成長したイトーと比べて、わが身が情けなかった。でも女王との謁見まで果たした今なら、胸を張って会える。

イザベラは六十二歳の二月十九日、横浜に上陸した。船着場で待っていたイトーに駆け寄って、声を弾ませた。

――イトー、ずいぶん貫禄が出たこと。いくつになったの？――

――三十六歳です――

――三十六？　あの、ちっぽけだったボーイが？――

イトーは笑った。

――相変わらず口が悪いなあ。あれから、もう十六年も経っているんですよ――

――そういう私だって、そうとうな婆さんよ――

イザベラはイトーの手を握りしめた。

――アメリカの大富豪の通訳もしたんですってね。素晴らしいわ――

――でも私の誇りは――

イトーは、ひとつ息をついてから続けた。

――世界的な旅行作家、イザベラ・バードの取材に同行したことです。それを一生の誇りにします――

イザベラの喉元に熱いものが込み上げる。もう言葉は出せず、ただただイトーの手を握りしめた。

その後もイザベラは、朝鮮や中国に出かける際に、日本をベースにした。そのため来日は初回を含めて、都合六回に及んだ。

亡くなったのは、日英同盟締結の二年後に当たる明治三十七年。エディンバラに戻り、七十二年の生涯を閉じたのだった。

鶴吉の方は歳を重ねるにつれて、いっそう通訳としての評判を高め、王侯貴族や大企業の経営者など、来日する賓客の世話をするに至った。同時に「開誘社」を「横浜通訳協志会」へと発展させて、鶴吉が会長を務めた。

横浜の自宅で死去したのは、大正二年、数え五十六歳だった。

亡くなった次の日、横浜の英字新聞に死亡記事が載って、――日本のガイドのパイオニア――と英文で紹介された。

さらに二日後には、東京の報知新聞が「ガイドの元祖　日本一の通弁」という見出しで、伊東鶴吉の業績を大きく報じたのだった。

解　説

斎藤美奈子

未踏の地の旅の記録を本にすべく、イギリス人旅行家イザベラ・バード（一八三一〜一九〇四）が本邦を訪れたのは、一八七八（明治十一）年五月のことでした。この旅の前半（横浜から北海道まで）に通訳兼ガイドとして同行したのが日本人の伊藤鶴吉（一八五八〜一九一三）です。ときにバードは四十六歳、伊藤は二十歳。

書名にひかれて本書を手にした読者なら、すでによくご存じかもしれません。このときの旅行記は、日本でも『日本奥地紀行』などの邦題で複数の邦訳書が出版されており、外国人の日本旅行記の中でも特に高い人気を誇っています。

本書『イザベラ・バードと侍ボーイ』は、この『日本奥地紀行』をはじめとするバードの著作をベースに、独自の視点や解釈を加えて構成された歴史小説です。

本書の魅力は多々ありますが、原著とのいちばんのちがいは、バードの筆では脇役ないし一方的な観察の対象にすぎなかった同行者の伊藤（Ito／小説では伊東）がバードと並ぶ主人公に昇格し、物語を牽引《けんいん》する役割を果たしていることです。

伊東が視点のパートでは「鶴吉」、バードが視点のパートでは「イトー」と記されている伊東鶴吉は、まだ悩み多き二十歳。一方のバードはすでに世界各地を旅してきた堂々たる旅行家。出自も国籍も年齢も、背負っている文化もまるで異なる二人の思惑が交錯する。それが本書の最大の魅力といっていいでしょう。

宣教師の家でボーイ（下働き）をしながら英語を学んだ鶴吉は、なかなかの苦労人です。父は行方不明ですし、故郷には母と三人の妹がいて、彼は一家の家計を支えています。〈おまえは侍の子だ。卑怯《ひきよう》な真似《まね》はするな。それを肝に銘じて、誠実に生きろ〉という父の言葉を胸に刻み、自ら道を拓《ひら》いてきた鶴吉。そんな鶴吉には異国の女性がなぜわざわざ奥州の奥地などに行きたがるのかわかりません。

しかしイザベラはシレッというのです。〈紀行文を書くからですよ。それが私の仕事なの〉〈横浜みたいに、西洋の真似をする日本よりも、昔ながらの日本人の暮らしを、私は知りたいし、読者も知りたがると思うわ〉

出発したのは六月十日。出発時間で早くも揉《も》め、ときに宿泊地の選定や旅程の選択で意見が食いちがい、たまにはそれが大喧嘩《おおげんか》に発展する。

秋田の雄物川水系で小船に乗るかどうかで対立した際、〈命がけは承知よ。私は最初から〉とのたまったイザベラ。この台詞《せりふ》にイラッとし、船上で怯《おび》える鶴吉を滑稽だと笑ったイザベラに鶴吉がキレるくだりは圧巻です。あなたはいつ死んでもいいかもしれないが、自分には母と妹たちを養う責務がある。これ以上〈あなたの道楽には、つき合いきれない〉〈これきりです。お世話になりました〉。

旅は日本では修行だが、西欧ではレジャーだという概念に彼はついていけなかった。しかし、この対立は互いへの信頼をむしろ深める結果となり、鶴吉はイザベラの物の見方に感化され、イザベラも鶴吉の行動に理解を示すようになります。

しだいに明らかになる、それぞれの事情。イザベラが旅行家になり、鶴吉が通訳になった経緯はいずれもドラマチックで、物語に奥行きを与えています。

原著にはない本書の二番目の魅力は、歴史的な背景が押さえられていることです。

二人が旅した明治十一年は文明開化真《ま》っ只中《ただなか》の時代でしたが、それは大都市だけの話で、少し奥に入れば近世と変わらぬ暮らしが続いていた。しかもこの時代は明治維新から十年ほどしかたっておらず、人々の記憶には幕末以降の動乱の記憶が生々しく残っています。鶴吉自身も歴史の荒波に巻き込まれてきたのでした。

押送船《おしょくりぶね》の水夫だった父が軍艦の士官に抜擢《ばってき》され、一家が三浦海岸から浦賀に越したのが慶応二年、鶴吉九歳のとき。十歳のときに将軍が朝廷に政権を返上し、やがて戊辰戦争（一八六八〜六九年）が勃発。父の長次は〈落ち着いたら蝦夷地に呼ぶ〉といい残して函館に発《た》ったまま、消息を絶ってしまった。鶴吉がイザベラの旅に同行したのは、十一歳で別れた父の消息を知りたいという理由が関係しています。

もうひとつ、鶴吉が懸念していたのは日英の関係です。欧米各国との通商条約が結ばれた頃に生まれ、多くの西洋人と接し、しかも旧幕府軍の一員であった父に〈内乱の芽があることさえ、西洋には悟られてはならない〉と諭されていた鶴吉は、政治や外交にも無関心ではいられません。

些細《ささい》なことで衝突し、あなたは日本の弱みを本国に報告して国を乗っ取るつもりかと迫った鶴吉。イザベラは笑い飛ばすも鶴吉は黙りません。イギリスはインドを内乱に乗じて植民地にし、清国に阿片を持ち込んで戦争を起こし、香港を手に入れた。〈あなたは日本にも内乱の芽や弱みがないか、探しに来たんじゃないですか〉

鶴吉の懸念はむろん杞憂《きゆう》にすぎません。しかし彼の言葉には、明治初期の日本人の目に列強がどう映っていたかが現れています。彼がいうように、戊辰戦争から西南戦争まで、事実、日本では内乱が頻発していたし、生麦事件に端を発する薩英戦争（一八六三年）では、旧薩摩藩とイギリス軍が武力衝突に至っている。

私たちが学校の授業で習った歴史的事件の数々も、鶴吉にとっては同時代の出来事なのです。歴史小説の醍醐《だいご》味《み》といえましょう。

本書の三番目の魅力は、やはり旅情を誘う各地の風景や風物でしょう。

今日、東京―新青森間は東北新幹線で約三時間、北海道新幹線で新函館北斗まで行っても最短四時間強で到着します。その旅程を二人は人力車や馬を乗り継ぎ、あるいは川船を使い、二か月あまりかけ、しかも梅雨の時期に踏破したのでした。東京から日光へ、さらに会津、新潟、山形を経由して秋田から青森へ。悪天候や劣悪な宿にたびたび悩まされつつ先を目指す旅は、まるで冒険旅行のよう。

一八九一（明治二十四）年に東京と青森を結ぶ東北本線が開通して以来、内陸から日本海側に出て北を目指すルートは一般的ではなくなりました。とはいえ、旅好きな人なら、登場する地名の数々に興奮を覚えるでしょう。

二章で登場する日光の金谷カテッジインは、主人の予告通り、二人が宿泊した十五年後（一八九三年）に本格的な西洋式ホテル「金谷ホテル」に生まれ変わって、現在にいたっています。三章で二人が宿を取る会津の大内宿は、茅葺《かやぶ》き屋根の民家が連なる町並みが保存され、人気の観光地になりました。旅の最後に二人が訪れる北海道も同様で、二〇二〇年には白老町に国立アイヌ民族博物館が開設され、平取町の町立二風谷《にぶたに》アイヌ文化博物館とともに、アイヌ民族の文化を伝えています。

その土地固有の文化や景観を残そうという機運が高まった現在だからこそ、二人の旅を追体験する機会がまためぐってきたといえるかもしれません。

ちなみに史実では、函館で伊藤鶴吉と別れた後、イザベラ・バードは船で横浜に戻り、その後関西一円と伊勢を訪れて十二月に日本を出国しました。バード研究の第一人者・金坂清則《かなさかきよのり》によると、日本をめぐる一八七八年の彼女の旅は、行き当たりばったりの個人的な旅行ではなく、じつはイギリス公使館の周到な準備のもとに遂行された視察の旅、あるいは調査の旅だったようです（『イザベラ・バードと日本の旅』平凡社新書、二〇一四）。だとしたら鶴吉の懸念もまんざら的外れではなかったのかもしれません。

ですが、いずれにしても伊藤（伊東）の存在なくして彼女の旅は成立しなかった。

物語の終盤、三か月にわたる旅も終わりに近づいた頃、イザベラが鶴吉にかけた言葉は印象的です。〈あなたは何度も言ったわ。貧しい日本を、本に書かれるのは恥ずかしいって。でも貧しさ自体は恥ではない。恥ずかしいのは、他人を見下す人がいることよ〉〈自国を誇るのは悪いことではないけれど、でも自惚《うぬぼ》れたり、人を見下したりするのは、やっぱり間違っている。私が本を書くのは、そう訴えたいからよ。それぞれに文化があって、人は対等だってことを、本で伝えたいの〉

ここには作者・植松三十里のメッセージが込められていると見るべきでしょう。

交通網が発達し、世界中を旅できるようになった現在でも、旅する究極の目的は「それぞれに文化があって、人は対等だ」と知ることかもしれない。ときに素っ気なく、ときに辛辣な『日本奥地紀行』を血肉の通った人間同士のドラマに発展させた『イザベラ・バードと侍ボーイ』は、物語と旅のおもしろさを堪能《たんのう》させてくれます。好奇心いっぱいのイザベラと鶴吉の姿は、歴史ファンや旅行ファンのみならず、未知の世界を夢見る少年少女も刺激するにちがいありません。

（さいとう・みなこ　文芸評論家）

＊　東北・北海道方面への旅とその後の西日本への旅を収録した完全版の邦訳は『完訳日本奥地紀行』全四巻（金坂清則訳注、平凡社東洋文庫、二〇一二〜一三）、『イザベラ・バードの日本紀行』上下巻（時岡敬子訳、講談社学術文庫、二〇〇八）など。後半の西日本の部分を削った普及版は『日本奥地紀行』（高梨健吉訳、平凡社ライブラリー、二〇〇〇）など。また『ふしぎの国のバード』（佐々大河著、KADOKAWA、二〇一五〜）は漫画版の『日本奥地紀行』で、二〇二三年現在、十巻まで刊行。

本書は、集英社文庫のために書き下ろされた作品です。

植松三十里の本

徳川最後の将軍　慶喜の本心

敵前逃亡の暗君か、それとも国の未来を拓いた英雄か。最後の将軍として、最悪の評価を覚悟しながら、最良を模索し続けた慶喜。聡明で孤独な男の知られざる真実に迫る幕末小説。

家康を愛した女たち

華陽院、築山殿、於大の方、北政所、阿茶局、徳川和子、春日局……。覇を競う男たちにはわからない、女たちだけが知っている家康秘話。女性視点で家康を描き出す斬新な歴史小説。

集英社文庫

イザベラ・バードと侍《さむらい》ボーイ

2024年 2 月25日　第 1 刷
2024年11月 6 日　第 3 刷

定価はカバーに表示してあります。

著　者　植松三十里《うえまつみどり》

発行者　樋口尚也

発行所　株式会社 集英社
東京都千代田区一ツ橋2-5-10　〒101-8050
電話　【編集部】03-3230-6095
【読者係】03-3230-6080
【販売部】03-3230-6393（書店専用）

印　刷　株式会社広済堂ネクスト

製　本　株式会社広済堂ネクスト

フォーマットデザイン　アリヤマデザインストア　　マークデザイン　居山浩二

ISBN978-4-08-744623-4 C0193